希望の記
〈完全版〉

大城 聡
OSHIRO Satoshi

文芸社

目次

「希望の記」〈完全版〉

第一章

序

サイレンの音が聞こえる。けたたましい音だが、何か懐かしい感じがする。

木魚の音がする、何人ぐらいだろうか、お経を唱える声が聞こえる。

僕は……死んだのだろうか？……。

それにしては、冥土の空は、こんなにも暗いものだろうか？　何も見えない。ただ、音がする。懐かしい気がするのは、どこかで聞いていたからだった。

胎内。母の胎内だ。僕が生まれる前の儀式、祝いの曲。

これほどまでに見事な音律を、何故今まで、見逃してきたのだろう。きっと誰かが唱導してくれるに違いない。

やがて僕は息をする。とても苦しい。

僕は踠《もが》く。そしてそれは呻き声となって同調する。繰り返し、繰り返し。

やがて、人の声に変わり、暗闇の中に迸り、僕の顔面に降り注いだんだ。

「兄さん、兄さん、しっかりして！」

捷は自殺した。いや、しきれなかった。救急車の中で、叫び泣く妹の恵美子を見て、あれ？

誰だろう、と思った。数分が経ち、よく知る顔、恵美子を見て、ああ生きているんだなと、やっと気づいたのだった。

それにしても妙なものだ。先程から聞こえてくるサイレンは、外で聞くとうるさいものだが、中で聞くと何故こんなに快いものだろうと。

「ちょっと静かにしろよ。聞こえないじゃないか！」

「あんたバカよ！　切腹なんて時代遅れだわ」

それきり、捷が生きている事に安心したのか、ただ恵美子は泣き伏す格好になった。

約二十分足らずの病院への道程を捷は、至福の時と思うほど、意識の薄れていく中で悦に入って、終焉であるはずだったサイレンの音に耳を傾けるのだった。

やがて病院に到着し、待っていたかのように看護師達が蠢き、治療室へと移され、当直の医者が、早く早くと彼女達を急きたたせる。

俄《にわか》に急しくなった病室と反対に、救急隊員の穏やかな口調が恵美子に話しかけた。

「傷はそんなに深くありませんから、輸血さえすれば、多分大丈夫だと思いますよ」

恵美子は何度も礼を言い、病室にいる兄、捷の所へ飛んでいった。

長兄、純はその頃、本を読んでいた。時代小説の面白さは格闘、所謂、チャンバラにある。クライマックスが近づくに連れて、一段と目が冴えてくるのを覚え、眠れなくなるから、今日は止めにしておこうと思い、本を閉じて内ポケットからタバコを取り出し、一服しながら机の上に置いたウイスキーをコップに注ぎ、水割りを作り、十分かけてゆっくりと飲むのが眠る前の習慣になっていた。

「パッと、音立てる血煙……か」

そう呟《つぶや》きながら、刀を振る真似をして、目の前の空間に漂う見知らぬ剛健な男が、己の血飛沫を見て叫び狂う様を思い浮かべながら、水割りを嘗め、ひとり快楽の渦を巻き起こすのだった。そんな時、妹恵美子から電話がかかってきた。

「捷が自殺しきれなくて今病院にいるの！　兄さん、助けて！」

くそ！　あのバカ！　純はそれですぐ酔いが覚めた。


山村優子は笹川恵美子からの電話を待った。もうあの男、捷とは会わないでおこうと思っていた。しかし、

「今夜、見てろよ！　自殺してやる！」

と一方的に電話がかかり、恵美子にすぐ電話をかけたのだった。私の考えは間違っていると、自分でもわかっている。捷の子を孕んでも、私はあなたと結婚しないと断言した。

「何故なんだ！」

と、あの人は言った。

私にも事情はあるんだ。きっとそれは誰からもわかってもらえそうにない。

電話が鳴った。すぐに恵美子とわかった。

「大丈夫よ、安心して、二週間ぐらいで退院できそうよ」

やっぱりそうだ、フェイクだ、男は皆な同じだ。この時、優子の決心は揺るぎのないものとなった。そうして携帯を解約し、外部との連絡を断った。

優子は誰にも産婦人科の病院を教えなかった。捷にもだ。これで子供を産み、私は立ち去るのだ。そうだ、そうしよう。


優子には捷の他に過去三回ほどのパートナーがいた。最初の彼とセックスをする前、初めての経験でわくわくしたものだ。期待でいっぱいだったが何も感じなかった。まあこんなものなんだろうなと思った。しかし何よりも最初の彼という事でずい分熱を上げた。

ところが彼は何が不満なのか、ほどなく彼から去っていった。二人目の男もそうだった。何が不満なんだろう？　優子は鏡を見ながら色んなポーズをとっては、まあまあ中の上っていうところねと。そうか男の人っていうのはもっと上を狙っているんだわ、という考えしかなかった。そして、三人目の男にその原因を言い当てられた。それは女としての侮辱だった。

彼は四十代で女遊びのうまい人だった。セックスの手ほどきをしてもらおうと思い、付き合った。好き嫌いはもう別の考えだった。ほどなくベッドインとなり、愛撫の後、行為の最中、男は途中で止めた。

「自分さあ〜〜。濡れてないじゃん、それにあの声も演技っぽいよ。きれいだけどさあ〜〜男はすぐわかるよ。もしかしてだけど〝不感性〟じゃない君は」

それから男は裏AV見て少し勉強してみなと、数枚のDVDを残して去っていった。

「私は〝不感性〟！　セックスが原因だと言うの！」

残されたDVDをよく見てみた。

それは、それは、官能的だった。思わず優子も興奮するぐらいだった。

「女の喜びっていうのはこういうものなの？　セックスってほんとはこうなの？」

今までAVなど見た事がなかったが、いや、しかし知ってはいたが、見る機会がなかった。

そうか不感性か。何をされても全然感じないものね。このDVDの女の人に比べれば、私なんて全然だめだわ。それならばもう男はいらない。それよりもキャリアウーマンになってみせる。

そんな時である、捷と出会ったのは。

そうして熱心な恵美子の誘いもあり、捷と付き合う事となった。

捷は必死だった。プレゼントを買ってあげたり、行きたいっていう所には二人で旅行をしてあげたり、食べたいって言ったら高級レストランを予約したりした。捷は幸せがほしかった。誰にでもある、それは小さなものでも良かった。

気軽に付き合っていた優子は、ちょっと申し訳ない気持ちになっていた。そうして一カ月が経ち、もうそろそろ別れようかと考えていた。もう今夜を最後の夜にしよう！　ちょっと優子には試したい事があった。多分こういう事をしたら、向こうから別れようと言ってくれるだろう。そんな考えだった。


捷はやっとここまできた。もうこの女を離さないぞという思いだった。

そうして優子と捷の夜は始まった。


捷のセックスはやはり、ぎこちなかった。

初めてではないにしろ、緊張していた。

捷があれこれしていても優子は演技を続けていた。優子はもうこの辺だなと思い、なんと最中に、歌を唱い始めた。

「小さい頃の女の子は〜〜♫　とてもピュアで〜〜♪　王子さまの夢を〜〜♫」

捷は当然驚いた。どういう事っ⁉　と萎え始めていた。

「ちょっとどういう事」

「この歌、大好きなの」

「でもこんな時に唱わなくったっていいじゃないか！」

「でも私の事好きなら勃《た》つでしょ！」

捷は優子の口を塞ぎ、一心不乱だった。

優子は、私はこういう女なのよと、捷から別れを告げられるのを待っていた。しかし優子は捷の子供を孕む事となる。

婚前交渉の末の、優子には、私なんかでも子供はできるんだという驚きの予期せぬ事だった。

捷は喜んだ。

「今すぐ両親に会って、結婚しよう！」

優子は、

「もう少し待って！　色々考える事があるから！」

と、両親に挨拶にすら行かなかったのである。

この時、優子の中には、捷の子供を宿すことによって、

——私はまだ二十三歳。小さい頃の夢だったモデルの道を進んでみたい——

と、野心をも孕む事となった。

男はもういい。ただ子供はほしかった。

しかし、ＴＶでよく幼児虐待で死に至らしめる事件が多発している。

私のような女がこういう事をするのではないか？　そして私は家庭に夢を持てないでいる。

外から見れば優子の考えは自分勝手だ。

しかし優子は、優子なりの正義がほしかった。そうでなければ優子は前へ進めないのであったからだ。

それからその事を捷に話し、

「子供は産むが結婚はしない」

と断言した。捷は、

「君に何があったんだ！　それでも女か！　子供を俺に託して、君はこれからどう生きるんだ！」

そして、そんな事を言い争っている内にもう、二人の子供は六カ月の安定期に入っていた。


そんな時だ、捷から電話が入ったのは。

「俺はもう死ぬ……」


三日後、捷は目覚めた。隣には恵美子がウトウトしている。

それにしても腹がズキズキする。俺は何をやっているんだろう。それにここは、病院か？

ああそうか、俺は切腹をしたんだな。それからの記憶がない。ああ死ねなかったか……。

恵美子が気づいて捷と話を始めた。

「兄さん、バカね。切腹なんて。もう輸血で先生は大丈夫だって」

「ああ……」

「優子は何故いないんだ」

「安心して来ないのよ。私が連絡しておいた」

「そうか……。」

ちょっと恵美子は席をはずして、優子に電話をした。

「ルルル……ルルル……おかけになった電話番号は現在使われておりません」

ええ！　優子どうしちゃったんだろう？


恵美子は首を傾げながら、捷のいる病室へ入った。すると捷は言った。

「優子と連絡できないだろ」

「う～ん。優子と何あったの？」

「子供ができるんだ、俺と優子の……」

「ええ！　それならばなおさらよ、優子は来るべきだわ！」

「いや、多分もう会えないと思う。それに子供の名前は決まってるんだ、男の子だ。『怜《レイ》』という名前にしてほしいんだって。子供が生まれたら連絡が入るようになっている」

「なんていう女！　すると何！　兄貴が子供を育てるの？　そんなの無理よ！」

「だからお前には悪いが、お父さんとお母さんとお前と協力してくれないかと思っていたんだ」

「お父さん、お母さん、びっくりするわよ。結婚もしてないのに初孫が生まれるんだものね。

それに……私にも責任あるもんね。あんな女、紹介したばっかりに……」

捷と恵美子はそれきり黙った。

沈黙を破ったのは捷だった。

「なあ恵美子……。女というものを教えてほしいんだ」

「女は皆な、完全な悪魔よ！　昔の偉い人がそう言ってたわ。本当ね」

捷は恵美子をジッと眺めた。

「お前もなのか？……」

二人に不穏な空気が流れた。相変わらず捷は恵美子を見続けている。すると捷の手が恵美子の手を捕えた。恵美子はギョッとして振り払おうとした。しかし、いかにケガをしていても相手は男だ。恵美子は騒いだ。

「何するの兄さん！　キャッ――」

英語が堪能である恵美子は、捷にはわけがわからない、多分、汚ない英語をしゃべり続けた。

「何勘違いしてるんだ。ただキスをしようとしただけなんだ」

「私はそんな簡単な女じゃないわ！　それにキスは好きな人だけにすると思ってるの！」

「俺の事は好きじゃないのか？」

しばしの沈黙の後、二人は笑った。最初はクスクスと。そして、ゲラゲラ笑った。

もうどうしようもない状況に、二人は笑うしかなかったのである。

その時、病室のドアが開いた。

「そのようすじゃすぐ退院だな！　捷！」

純兄さんだった。

「生きたくても生きられない人は、この世にいっぱいいるんだ！　その事を考えろ！」

純はそれだけ言って、お見舞い物をソファーに投げ、出ていった。

捷は、

「兄さんに伝えたのか！　恵美子！　兄さんには伝えてほしくなかった！」

恵美子は何言ってるのという表情で、

「ここは、純兄さんの勧めている病院よ！」

「そうなのか！　又、色々言われるな」

すると捷はハッとして、

「もしや、お父さんやお母さんには言ってないだろうな！」

「言えるもんですか！

それに周りをよく見て！　個室でしょ！

純兄さんの計らいよ！」

捷は、又々兄貴にはかなわないなという思いに落ち入った。

やっぱりフェイクだった。男は皆なバカだと思った。優子は、あと二カ月余りで病院に入る。もう誰にも連絡できないようにしてある。そして、生まれてくる男の子は〝怜《レイ》〟にしてくれと伝えている。

初めて好きになった男が山本怜という名前だった。今思っても愛した男は、忘れられない男は、優子の初めての人だった。それで強く〝怜〟にしてくれと言ったのだ。

そして、二カ月が過ぎ、病院に入る事になった。看護師の一人にカメラを手渡し、ＶＴＲを回してほしいと頼んだ。そうして、生まれた後のＶＴＲを手に入れた。生まれた怜はかわいくないはずはない。しかし、優子の野心は変わらなかった。

生まれてから間もなく退院となった。

捷に連絡を入れた。すぐにも来るだろう。その前に、怜を抱き上げ二人だけの写真を撮った。

「いつか大きくなって、帰って来るね」

と、怜に言い、さっと踵を返し、後ろを一度も振り向かないまま、出口へ向かった。


会社の帰り道、恵美子は山村優子の事を考えてしまう。

ああ、この喫茶店の前の所……。

いつもここを通るたびに思い出すのだ。

ここであの時、優子は、捷と付き合うことを承諾した。

恵美子はあの日、優子と待ち合わせをしていた。お互い、商業高校を出ていて同期の社員だ。優子はよく遅刻をする。もう三十分を過ぎている。しかし、恵美子以外の上司の誘いだと時間を守って上司仲間では人気者だ。恵美子は、頭のいい子ねと思っていたが、何故か憎めない。そんな女だった。

「ゴメーン！　ちょっと化粧が長引いちゃって」

と足早に走ってきた。恵美子は「いいよ、いいよ」と、二人で並んで歩いた。

その途中、恵美子は優子をちらっと見て、背はちょっと高く、利発そうな女だなっと、ずっと思っていた。

この子なら、兄・捷の相手をしてくれるかも知れない、妹としては何回も女に振られている兄を何とかしたいのだった。

ちょっと尋ねてみた。

「彼氏いないの？　優子」

「私なんて全然、男の人にもてないわ」

そうだろうか？　恵美子にはモデル風のいい女に見える。

「経験は？」

「まあ、恵美子！　恥ずかしいわ。ないっていったら嘘だけど、そんな多くの経験ないわ」

「ねえ、あのさ、言いにくいんだけど、うちの兄と付き合ってみない？　あなたなら兄は喜ぶと思うの」

「突然でびっくりしたけど、もうちょっと考えさせてくれないかしら？」
「いい。いい。付き合ってみて嫌だったら、断っても全然、かまわないわ。気楽におねがいネ」

そうして捷と付き合う事になった。
優子どうしちゃったんだろ？
今、どこにいるのだろ？
駅への道のりでいつも考えてしまうのだった。

家族

――五年後――
父、笹川昇太《しょうた》五十八歳、妻、薫《かおる》五十六歳。
長男純《じゅん》三十五歳、次男捷《しょう》三十三歳。
長女恵美子《えみこ》二十八歳。ごく普通の家庭だった。

父の笹川昇太は、市役所に勤めるマジメ過ぎると言っていい公務員だった。妻、薫とはお見合いで結婚した。三人の子供は、裕福ではないが決して貧しくはない家庭に育った。

今日は金曜日で、捷はさっさと仕事を済ませて、息子の怜と実家へ遊びに来ていた。いつも怜が捷のアパートと実家を行き来するので、お礼の意味を込めての事だった。

父、昇太も後、二年で定年となる。いつも捷に言ってきた事がある。

「お前は元剣道の中学チャンピオンで、銃剣道で国体に行った事がある。だから高校出のお前は、有名な老舗の会社に入る事ができたんだぞ！　お前は馬鹿だからおとなしく後三十年勤めあげろ！　俺はそれだけで安心していられる。これは約束だぞ！」

捷は、この話だけは素直に受け入れられた。しかし、事、酒が進むと話は、兄、純へと向けられる。

「なあ、母さん。純も後二カ月で三十五になるな。そろそろ医者として一人立ちする頃だよな。そうなればもうこんな安アパートに住まなくていいよな」

母、薫は答えず、「ああ又始まったな」と思い、洗い物しなくちゃと台所へ行った。

捷は、父、昇太が煩わしいのでなく、酒が進むと別な所へ住んでいる、今、この場にいない純の自慢話へと必ず移行するのである。

捷はTVのアニメを見ている怜に、もう帰るぞと言ってTVのスイッチを切った。

怜は、「まだ見たいよ～。何で！」と、

何度も捷に訴えかけた。

「見せてやれ！　捷！　別に急ぐ理由じゃないんだろう」

「父さんが兄貴の事を口に出すからさ！」

「なんだって！　自分の息子の事を言って何が悪いんだ！　お前の兄さんだろう！　家族だろう！　お前はいつもそうだ！　純の事を口にするとすぐ機嫌が悪くなる！」

「違うんだ父さん、この後の言葉のやりとりがもう目に見えてるんだ。いつも、いつもだ。父さんは酔ってわかんないだろうけど、いつも最後は俺と兄貴を比較するじゃないか、俺はもううんざりなんだよ！」

「俺がいつお前達を比べた！　お前にはそう聞こえるだけじゃないか！　確かに純は大学出だ！　そして医者だ！　でも何故すぐお前はあきらめる！　剣道を始めた時も、二人でよく稽古したじゃないか！」

もういいよ、父さん、俺は何やっても兄貴にはかなわないんだよ。

母、薫は「いつもの事ね」と聞かぬふりをしていた。

そんな時、妹恵美子が帰ってきた。

「ただいま〜」

恵美子は場を感じとって、

「またいつもの〜。父さんと捷兄さん、仲がいいわね。うらやましい〜」

と、皮肉を言った。母、薫は台所で笑っていた。そんな時、怜は思わぬ事を言った。

「お帰り～。ママ。遊ぼうよ」

一瞬だが場が凍った。

母、薫は、

「怜ちゃん！　今日はバアバと一緒に寝ようか？　絵本を聞かせてあげる」

父、昇太も頭を抱えて、

「怜！　おじいちゃんとも遊ぼ」

と言い、三人は別の部屋へ行った。

捷と恵美子だけが残された。


「すまんな恵美子。俺も優子の消息を調べているんだが。もう五年か」

「いいのよ兄貴！　私にも責任はあるもん！」

「だけどお前も、もう二十八だ。いい人いないのか？　いないんだったら俺の会社で合コンでも何でもするぞ！」

「外国の人、いる？」

「お前、外国人が好みか！　そう言えばお前、英語しゃべれるものな。しかし、いないんだよなあ～。日本人じゃダメなのか？」

「だって今の男ってなよなよしてて、何かオタクなんだよね。純兄さんみたいな……」

「えっ……」

「えっ……」

二人は笑った。

「私もお父さんみたい」

こういうユーモアが場を明るくさせる恵美子は、いい女なんだけどな。と、恵美子をどうにかしないと、と考える捷だった。

一方、純の家では二歳になる未来とお風呂に入っていた。妻、睦は充分、幸せを感じていた。お風呂で純と未来がハハハと遊んでいる。

「私も入れて～」

とドアを開けて、水を投げると、又、未来と純は、「冷た～い」と言って笑った。

いい家族に見えていた。

さて、何故こんなにも兄の純と弟の捷の仲が悪くなったのだろう？　それは少年期にさかのぼる。

そして、何故こんなにも差がついてしまったのか？

捷と純の剣への道

笹川家は普通の家族とまったく変わらなかった。昼間は純と捷は、キャッチボールやまんがゲームなど誰もが通る道、ほんとに普通であった。夜は、父昇太は晩酌をしながら、巨人×阪神戦を家族で見ていて、巨人が負けると昇太は不機嫌になり、酒を叩ったりするのだ。それで酒がなかった時には、酒屋さんに電話を入れ、「早く酒もってこい！」と言っては母・薫は次の日謝りに酒屋さんへと向かうという事の繰り返しだった。

いつものように、その夜、巨人と阪神戦が行われていた。もう王や長嶋が引退し、原辰徳や江川が活躍する時代だった。

純は昇太とともにこの試合を見ていた。捷も同様だ。しかし捷はまんがを見ながらＴＶを見ていたと言っていい。

捷は野球に興味がありながらも、まんがも捨てた物じゃなかった。

そして試合が行われた。いつものように巨人がリードしていた。ああもう巨人が勝ったと昇太は横になって寝ていた。純も、もういいやと思い、捷とともになんとなく見ていた。すると、巨人は勝ち試合だろうと思って二線級のピッチャーを出した。相手は、阪神で期待されていた掛布である。掛布はピッチャーが投げた球を、怒りを込めて振り抜いた。

すると、カキーンという音とともにボールの行方が見えなかった。TVカメラでも捉《とら》えられなかった。瞬間、右ポールに球が転がっている。何かあった？　と純はVTRをスローモーションで見た。すると、掛布が打った瞬間に右ポールに打球が当たっていたのである。なんて人だ！　初めて見るプロの凄さだと言っていい。純は痺《しび》れた。純もこんな風にプロの試合に出たい、彼はもう野球選手以外の道はないと思うほどの、掛布の一撃だった。

捷が何故剣道の道へ進んだのか？　それは、やはりTVの影響だった。いつものように昼過ぎに、おかしを食べまんがを見ながらTVをつけていた。そしてTVをふと見ていると、あまりやっていない全日本剣道選手権が行われていた。チャンネルを変えながら、ちょっと見てみようと思った。しかし、ある瞬間に捷は愕然とした。TVは伝えていた。

「今、面が決まりました！」

捷はいつの間に？　と、スローモーションのVTRを見ていても、その面は目にも止まらぬ速さだった。それを審判は三人とも、いっせいに旗を上げている。選手もすばらしいが、審判の目、判断は、少年の捷に大人の凄さを感じさせた。そして、その時代は審判の誤審がニュースで問題になっている時代だった。

野球しかり、柔道しかり、あらゆるスポーツに、VTRチェックが導入されて間もない頃だった。

「これだ！」と、捷は確心した。

小学校五年の時だった。父、昇太に捷は、「剣道をやりたい」と懇願した。

昇太は、

「野球じゃだめなのか？　純と一緒にやっていたじゃないか？」

捷は、

「なんだか剣道って、とてもわくわくするんだ」

と言った。昇太は、そんなにやりたいのなら、捷の初めての願いだ。昇太は言った。

「やるのなら、とことんやるな？」

「うん！」

これで、捷の剣への道が始まった。


一方、純は野球に熱中していた。野球部に入り、先輩にしごかれている最中の頃、いつかは、まず甲子園を目指して、プロ野球選手になってみせる、と夢をふくらませている時だった。


二人の道は、ここで決まれば何も問題はなかった。

しかし、純は何故、野球を断念したのだろうか、高校生になり剣道部へと進んだ。

以前から捷が剣道を始めた頃、相手をした事があるぐらいだった。しかし、この時に、二人はもはや敵となった。

捷は剣道に夢中になり、中学三年生の時には中学団体チャンピオンとなっていた。鳴り物入りで有名高校に入った捷には、もはや、敵うものがいないと思われた。

順調に成長していく捷を、阻むのが兄、純であったのがこの二人の決定的な兄弟の亀裂になったのは想像できるだろう。

この象徴的な試合が、捷の初出場となる全日本高校選手権だった。そして、純の高校最後の大会でもあった。


純は打ちのめされていた。とことん野球の道を突っ走ってきたが、中学二年で体が悲鳴を上げた。もう少し余裕をもって体作りをしていればよかったものの、頭の中は、根性、根性と辛いながらも、体をしっかりつくり上げねばと、頑張った結果が、肩、腰をやられた。まだ成人になり切っていない少年には、これほどまでの練習を課してはならないものだった。

担任の先生に、

「ちょっとお前はクラブに来なくていい！　少し休め！」と言われたからだ。

ちょと急ぎ過ぎたかな？　プロになるのには、まだ、充分の時間がある。と思い、一年を棒に振った。有名高校に入って、それから野球を再開しようと決めた、それから一年は勉強づけの毎日になった。しかし、イメージトレーニングだけは欠かさなかった。

純は努力の末、有名高校に入った。しかし、いざ入ってみれば、そこは野球特待生が主役の、もう特待生を伸ばす事しか考えない。

又、甲子園に出るためには、それが一番早道の監督の術でもあった。納得いかない純は、特待生の実力はどんなものか？　仲間に入ってまず見てやろうと思った。そしてバッティングセンターへ行ってスピードガンを試してみた。彼は百二十キロがやっとだった。それに投げた後、肩の違和感が、又、出始めていた。特待生達は軽く百三十キロを超えた。そしてバッティングを試してみた。純は負けてはいなかったが、特待生達の打球の速さに驚いた。もはやもう誰が見ても勝負はついた。特待生達の能力、素質に打ちのめされたのだった。あの一年でこんなに差がついていたのだ。悔やんでも悔やんでも仕方がなかった。

甲子園どころかプロになってやると思っていた純は、あきらめざるを得なかった。すぐ父に相談した。父は泣き、純も悔やし涙が止まらなかった。

「そうか……。よく頑張った」

そして父は、

「どうだろう、剣道を捷と一緒にやらないか、兄弟剣士もいいものだ。お前も捷の相手をしてやった経験があるだろう。捷は話しにきくと才があるようだ。お前が盾になれ！　将来、お前達が競い合って頂点を目指すと、俺はそれだけでうれしい！　どうだ！」

父は純のためにあらゆるつてを使って、師を探すこととなった。

左手の恩師、高鍋一平

高鍋一平。全日本選手権三連覇。交通事故で右手を失ったが、その後も剣の道を極めた。左手の剣、高鍋、剣の道で知らぬ者はいなかった。

父はこの人だったらと懇願する毎日となった。そして将来、一平の娘、睦を嫁にもつ事となる純の剣の道は、やっと始まった。

純は高鍋の指導を受けながらも高校の剣道部にも同時に入った。そこは、野球は有名だが、剣道となると弱小の剣道部だった。そこで、将来の友、内村守と仲良くなった。高校一年生は内村と純の二人だけだった。後は二年生が一人、三年生二人という、どうも競い合っていく雰囲気でない弱小であるが故の、なんとなく剣道をしているという部であった。

だから純は内村守を高鍋一平の教室へ誘った。内村もそんなに身が入ってないらしかった。文武両道ということで内村の父のアドバイスで部へ入ったというのがその理由であった。内村は剣よりも勉学の才があった。純の内村の第一印象は、ヒョロヒョロの眼鏡をかけた勉学の人、医学への興味、将来剣よりも医者への道を目指している青年という感であった。

そうして二人は高鍋一平の指導を受ける事になった。

高鍋の指導はちょっと変わっていた。

まず、相手の佇まい、仕種や話を聞いて、どんな男なのかを見極める。そこから始まる。

小中学生にそんな事はしないが、高校生ともなると、どんな人間形成になるのか、もう出来上がり始めるからである。それから剣を相まみえる事にしていた。

純と守はこの先生の鋭い眼光にビビッていた。

まず、守の番。

「キェー」と守は打ち込んだが、すぐ躱《かわ》され、きつい面を食らった。高鍋は左手一本である。

守はすぐシュンとなった。

「もういい！　次！」

そして純の番。

純は負けてなるものかと勢いよく突進していった。高鍋は竹刀を上手に操り、なんなくかわした。

「まだまだ――！」

と純は向かっていった。しかし最後はやはり面を食らった。

高鍋はこの二人をどうするか思案していた。

「よし！　とりあえず教室でお前達二人で、稽古していろ！」

高鍋はそう言ってこの二人を一カ月見守る事にした。

一カ月後。高鍋はこう話した。

「あらゆる日本の武道というものは、心・技・体、でできている。二人ともまだまだバラバラだ。どうも純は体、守は心ができているが、俺の経験から言うと守の方が、将来有望なのかも知れぬ」

この言葉を聞いて純はカッと熱くなった。

守は「そうなのか?」と誇らしげだった。

純と守の目にこの時、火花が散った。

高鍋はそう言った後、陰でニヤッと笑った。これは二人をやる気にさせる高鍋の術であった。しかし、本心は、守は純よりもずい分劣っていると思えた。

この事を、純と守の父に密かに電話をするようにした。

守の父には、

「勉強もいいが、もっと体力向上をしなければいけない」と。

純の父には、

「彼はマジメ過ぎるが故、頑張る子だ、体を又、壊さぬよう、家ではゆっくりさせてあげなさい。休むのも練習だ」と。

そうして、純と守は剣道にのめり込んでいったのだった。

対決

捷と純の対決の時がやってきた。

そして、予選で相まみえる事となった。

最後の高校大会である純は、高鍋一平の教えを守り、「たとえ相手が弟であろうと自分の剣を見せつけてやれ」と檄を飛ばされた。捷は中学チャンピオンのプライドがある。捷とて簡単に負けるわけにはいかないのだ。

「キィエー、キィエー」

二人とも中段の構えだ。

純が先に攻撃に出た。面だった。

「見えているぞ！　兄さん」

なんなくかわした。

純が又攻撃に出た、胴を打つと見せかけて、面を打った。その時、捷は軽く往《い》なし、小手を打った！　見事、決まった！

「一本！」

純は、くそっ負けるものか！　と一本を先に取られた事で、一段と声を張り上げた。

「キィエーキィエーギョエー！」

その声とともに純から、又、純の目から炎のようなものがギラギラと燃えさかっていた。

捷は一瞬たじろいだが、しかし剣は見えている。

雄叫《おたけ》びのような声で、純の猛攻撃が始まった。何回も面や胴を打ってくる。

捷は防戦一方だった。剣は見えてはいるが、手を出せないでいた。

また一段と純の念の剣が何回もくる、そして体力の続くまま、純の念が続いた。

怒濤の剣だった。

そして捷はいつしか、純の高まる声が地響きのように感じ始め、ちょっとこれはすごいぞっとたじろいだ瞬間！

純の激しい面を食らった！

「一本！」

捷は頭がクラクラした、一魂の面だった。もう捷はこのような獰猛《どうもう》な剣には勝てないのかもと思い始めていた。

所謂、ビビッていたのだ。

捷のプライドはどこへやら、そこでもう勝負はついた。

簡単に純が放つ胴が決まった。

「一本！　勝負あり！」


純が勝った。しかし、面をはずした純の顔は怒りに満ちていた。捷をにらみつけ、

「わざと負けたのか？　……あいつ！……」

と、純は思っていた。捷は実力を発揮できなかっただけだったのだが、純は不服だった。

そして、

「まあいい、又、次の対戦もこれからあるだろう」

と、お互い礼をして次の試合へ向かった。


この試合を、高鍋一平と守は見ていた。守は純が勝った事で、

「次の対戦もある、捷君、次、頑張れ！」という思いだった。

しかし、高鍋一平の見る目は違った。純を指導してきたが、一本目の捷の小手に才を感じた。さすが中学チャンピオンだなと思った。

「捷君の技は群を抜いている。いつも言っている心・技・体の心が少し弱いだけだ。又、兄である純じゃなかったら、捷君は勝っていたに違いない。この二人このまま行けば頂点を争うことになろうと、何もなければだ」

そう思っていた。

一平はこの時、あの自分の事故の事を思い出していた。それまで一平は、全日本三連覇と

いう偉業を成し遂げていた。有頂天だった一平は、少しだが酒を飲み、娘、睦と車の中で、

「どうだ！　お父さんすごいだろう」

と自慢していた。

その矢先の事故だった。

娘、睦を左手でかばい、利き手である右手を失なった。まさに天国と地獄だった。

それでも剣道をやってこれたのは、睦がいたからだった。

「お父さん！　私も剣道がしたい！」

どん底にいた一平は酒をやめた。それからの苦労は筆舌に尽くしがたいものだった。

ただ、睦の言葉だけが頼りだった。

周囲の人々は、「もう止めとけ！　左手一本で戦えるはずないじゃないか！」と批判し、バカにする者さえいた。

しかし、一平は予選を負け続けても歯を食いしばって、己自身の術を磨き続けていた。

それは右手を失なって三年目の事だった。

全日本ベスト8まで勝ち進んだのだ。そうして、その試合を最後に剣を置いた。もうやるべき事は全てやったと。すると、「自分も剣道がしてみたい、感動した」と、相当な数の入門者がひっきりなしにやってきたのだった。

この時、一平は「睦、どうだ！」という思いでいっぱいだった。

「お父さん、すごいだろ！」

とまた言える自分になっていた。

自分にそういう事があったから、純をはじめ生徒達にも俺みたいな思いをさせてはならないと、「己に溺れるな！」と言い続けていたのである。

しかし、この対戦には、純と捷の間に何かゾッとするものを感じたのも事実だ。

捷の青春

捷は、一応は兄、純に敗れた後も剣道を続けていた。しかし、何かまったく気が入らなくなっていた。兄はあの時、決勝まで進んだ。ただ負けたのではなく、あの気迫に負けたのだ。本当は俺の方が勝っていた、そう信じ剣道を続けていた。しかし、この気持ちはどう表現していいのだろう？　この時、兄という壁が捷を一歩も先に行かせてはくれない。そんな事を思い始めていた。

あの対決の四カ月後、兄、純の通う教室へ向かった。

「なんだ、捷？」

「俺さぁー、剣道やめようと思うんだ」

純は、当然怒った。

「バカか、お前は！　俺とのあの一戦で萎えたのか？　一時の事だぞ！　それは！　俺は又お前と対戦するのが楽しみなんだぞ！」

「いや、そうじゃなくて、何かもっと他の事をしてみたいんだ！」

「お前の事は俺よりも才能がある、剣道の才能があるって、皆んな言うぞ！　それでもか！」

「あぁ……」

純は殴りかかった。その時、横で聞いていた守が止めに入った。

「まぁまぁ！　純！　いいじゃないか。一度剣を置いてみて、また考えなおせばいい。俺とてもう剣の才がないとわかった。どうだろう捷君、銃剣道って知っているか？　俺はその道に進もうと思っている。どうだ！　一緒にやらないか？」

純は、それならばという事で、場はおさまった。今度は、守と捷は、銃剣道の道を二人で、模索し始める事となった。

「銃剣道」

中世ヨーロッパにおける十字軍の闘いが故事来歴され、日本の武術の槍術の「突き技」と合体し、発展したのが明治初期である。木銃を用いて、相手の喉・胴等への「突き技」で競い合う競技であり、攻撃的で果断なところに特色がある。

守は水を得た魚のように頭角を現した。

ただ捷は、守についていっただけだった。

そして守の力で二人は国体出場を成し遂げた。守は、「俺はこれだ！　これだったらやっていける」と信じた。

ただ捷は又しても、守をも裏切る事になる。

守が受験準備に入り、取り残された捷は身が入ってないらしく、なんとなく銃剣道をやっていたに過ぎなかった。

捷が高校三年に入る頃だった。

守は、当然、捷が頑張っていると思い込み、安心して、一発で私立の医学部へ進み、落ち着いた頃だった。

「守さん、もっと他の事をやろう思うんだ」

「え？　捷君、剣道の道を又進むのか？　それだったら、大歓迎だ！」

「違うんだ守さん。そうじゃなくて、俺、友達とロックバンドを組んだんだ」

守は捷を怒らなかった。ただ愕然とした。

捷が、自分は何をやっていいのか？　何に無中になれるのか？　それを探っている様子が窺えたからだった。

守は言った。

「捷君！　何をやってもいいが、逃げずに一生何かを続ける事も大事だぞ！　それを探せばいい。ただ俺は、がっくりしたぞ」

捷は守のもとから逃れるように立ち去った。捷はロックバンドを組んだ事で、色んな詩、歌を作り始めた。それは捷の世の中に対する不満や怒り、爆発であった。捷は歌を唱う事で、発散した。ただ捷がいつも思うのは、唱い終わった後のむなしさは何なんだろうとずっと、持ち続けていた。

そして捷の高校三年間は終わった。後はろくに勉強もしなかった捷は、厳しい世の中を渡ろうとしていた。

しかし、この中学、高校六年間の、捷の軌跡を追うと、中学剣道チャンピオン。銃剣道国体出場。という事で捷の就職活動は三社目で老舗の企業へと運よく採用される事となった。

もう、捷の目に光輝くものが失なわれつつあった。捷は社会人になってから、今度は女に無中になり始めた。あらゆる先輩からの、捷を大人の男にしてやろうという配慮だったのであるが、合コンをしてみても、どうも、モテなかった。しかし、大人の女の曲線、色気に、未来を探り始めていたのだった。

捷は、運命の人、山村優子に出会うまで、色んな女の人に対してアタックをしてみたが、断られ続けていた。それは捷が放つ覇気、仕種、ちょっとした言葉の感覚、どこか世の中を斜に構えている様子に、女の人はついてこなかったのかも知れない。

純の青春

　純はもう、高校三年の最後の大会で決勝まで進んだ事によって満足していた。一旦、剣を置き、受験準備に入った。剣道をやめたのではなく、又、一段落したら戻ってくるという思いだった。そして守が医学部を目指すという事で、純も同じように医学部へ進もうと決心した。きっかけは守だったのである。

　その頃、一平の娘、睦は、

「あぁ……、もうこの二人を見る事ができなくなるのか」

と、道場で一人ため息をついていた。睦は一応、小・中学生の剣道の相手をしていたが、睦には才能がなかった。女子の大会でも、予選を通るか通らないかぐらいのものだった。しかし睦は、父、高鍋一平を尊敬している。父の剣のあり方、人の育て方、人物観察の鋭い目を持っているこの父の後で、一歩でも前へ進みたかったが、

「もうダメだろうな」

と思っていた。睦は本当は、剣道よりも、幼ない頃から美術や絵画、小説など、芸術分野に興味を持っていた。


　一平は、自分の娘となると一向に、何を考えているのか？　何をしたいのか？　わからな

かった。女の子だから男の一平には、どんどん成長していく娘を、どうしたらいいのかなと考えあぐねていた。やはりどうも眼力鋭い一平でも、事、自分の娘となるとわからないのだった。一平がダメなお父さんぶりを垣間見せる様を見て、やはり人間には完璧な人なんていないと、純と守は思っていたのである。

そんな中、睦は二人に話しかけた。

「ねえ、どこの大学に行くの？　私も高校一年だから、一緒に勉強してみたいんだけど」

一平の娘という事で、純と守は話をするのを遠慮していた。これまで会話らしい会話はありしていなかった。

この受験勉強が、三人、純と守と睦が本当に親しくなる事になるのである。

ハデさはないが、睦はいつも父を尊敬しているためか、凛とした佇まいだった。それを純や守は、「いいな」と密かに思っていたのである。美人ではないが、何か、男が振り向くいい女に成長していた。しかし、時折見せる暗い影は何なのだろうと、純と守は、偉大な父であるが故、悩んでいるのだなと、二人は見守っていたのである。だからあえて睦に対して二人は明るく接するように努力していた。特に、守が面白く話すエピソードに、三人は笑い転げあった。守は、ある時は先生のもの真似をしたり、純のもの真似をしたり、三人の中心になっていた。しかし守が一発で医学部へ入ったのはいいが、純は落ちたのである。頑張り屋の純は浪人し、守の教えを請う事となった。

三人は図書館にいた。

「お前、すごいな守！　医学部、一発合格か！　やるな。お前だったら通ると思っていたよ」

「これからどうするんだ純？」

「ああ、もう一度、来年受験する。国公立しかいけないんだ。もう親のスネかじりは最後にしたい。剣道は金のいる武道だったものな」

睦は、

「私は一年生だけど基礎はできているわよ。特に英語、数学は得意よ、お役に立てるかしら？」

すると守が言った。

「それはありがたい。俺達だって忘れている公式があるし、軽い英語で話をすると向上するはずだ」

純は、

「お前達二人がいなかったらどうしようかと思っていたんだ、俺のためにありがとう！」

三人はこうして仲良くなっていった。


ある時、図書室にいた守は、「何だかおかしいな？」と思う事があった。それは睦である。

純が必死で受験勉強している横で、守と睦はおしゃべりをしていた。

しかし、睦の目は守を見ていたと思っていたが、純が何げなく消しゴムを落としたら、守と話していた睦はすぐに消しゴムを取りにいった。守は「ん⁉……」と思った。

——まさか、そんなはずはないだろう。睦は俺に興味があるはずだ——

しかし、守と楽しく話している一方で、睦は純の一挙手一投足に集中していたのである。

――まあ、勘違いか――


それからも三人は、純の気晴らしに絵画展に行ったり、映画に行ったり、小中学生の剣道の相手をしてあげたりしていた。

ほどなく、純は難関の国公立の医学部にやっとの思いで合格した。守と睦は歓喜した。

「俺達のおかげだぞ純！」

「よく頑張ったわね純さん！」

三人は未成年だったが、少しだけお酒を飲みに行った。


「俺達不良だな。でも今日だけいいだろ、後は睦だな、どこを目指しているんだ？」

と、守は言った。

「私は薬学部へ進むわ。今度は守さんと純さんの助けを借りたいな」

「もちろんだ！」

純と守の二人は、今度は睦のために勉強を見てあげる事となった。又、三人の図書館通いが始まった。純と守は、医学の今後のあり方や、医術の修得などを論じ合っていた。横で話しを聴きながら睦は勉強をしていた。そして睦が、チラッチラッと二人を見ている。守はわざと位置をかえて、二人のどちらを見ているのか気になった。やはり純を見ていると思うよ

うになっていた。守は、

「睦！　この問題、難しいだろ。この公式はこうだ。解いてみろ」

睦は、「そうなの？」と思い、数学の難問に集中した。すると数分が経ち、

「私、バカかな？　この問題、解けないわ」

純は、「見せてみろ」と問題を見た。すると、守の言った公式が間違っているのに気づいた。

「守！　違うじゃないかこの公式！」

「バレたか、ちょっといじわるしてみたくなって」

守は愛敬のあるいい方をした。

純は怒った。

「いい加減にしろ！　守！　睦とて真剣なんだぞ！」

「今はやりのイジメだ――」と睦は茶化した。

「そんな事言うなよ、ちょっとしたジョーク、そうさ！　ジョークさ！」

この時、守は悲しかった。笑っては見せていたが、心の中は、

――とんだピエロだな――

と思っていた。

しかし、三人の友情は固いものとなっていた。

純も守も、睦の受験が近づくにつれ、真剣に勉強を見続けていた。

そして、二つの大学に、睦は合格した。

「どこへ行くんだ睦？」

「迷っているけど、ここの大学にするわ！」

それは、純の大学にほど近い所にあった。

――やはり！――

守は確心した。

その後、守は純を呼び出した。

「なぁー、お前ら二人見てられないよ！　純！　お前の方から声をかけろ！」

「なんの事だ？　何が言いたいんだ、守？」

純は首を傾げた。

「睦のことだ！　どうやらお前に惚れているらしい！」

「お前じゃないのか！　守！　てっきりお前かと」

「純！　もうちょっと女心ってものも勉強しろ」

「そうか、そうなのか……」

そうして純は、睦が大学を合格してから数日後、告白をした。

あっけなく睦は、「はい」と二つ返事で交際する事となった。

「守じゃないんだ。やはり守の言うとおりだ。この娘《コ》は、俺をずっと見ていたんだ。

気づかなかった。ありがとう守。

お前がいなかったら……」

純の喜びは、頂点に達していた。

睦は、純と交際してから守の事を考えていた。

「守さんに悪いわ、何だか守さんを利用していたみたい」と純に言った。

「う〜ん、そうだな――。守の気に入る人は、睦！　お前なんだ。何とかお前に似た人を紹介してあげよう！　俺は後輩にあたってみる」

「私も同期の人を何とか見つけてみるわ！」

しかし、中々いそうでいないのがこの睦の魅力なのだった。守は、「いいよ俺は見合いでも何でもする」と嘯ぶいていた。

それじゃ守に悪いと思って、純と睦は、守のために奔走するのだった。

守は紹介された娘《コ》と付き合ってはみるのだったが、長続きしなかった。

しかしある時、守は彼女らしい人を自分で見つけてきた。純と睦はどんな人なんだろうと、喫茶店で待ち合わせをした。守が連れてきた人は、睦には似ても似つかぬ、まだ少女ではないかと思われる幼げな女の子だった。二十二歳だと聞いたので驚いた。

「紹介しよう、仲川舞さんだ。銃剣道の先輩の妹さんだ」

喫茶店で、お互い軽く自己紹介をし、公園へ行く事となった。睦と舞が前を歩いて、純と守は後をついていった。純は守に耳元で囁《ささや》いた。

「お前、ロリコンが趣味だったのか？」

「バカ！　お前に何がわかる、こんな女の子もアリなんだ」

純はホッとしていた。どうやら純と睦の一方的な勘違いであったようだ。

睦と舞が楽しそうに話をしている。なんだか、睦が若いお母さんに見える、後ろで、純と守は、ニヤニヤしっ放しだった。

純の変化

純は、大学を卒業して研修医になった。さぞかし大変だろうなと思い、睦はまだ学生であったにもかかわらず、結婚した。純は、変則勤務で、とにかく忙しい日々が続いた。睦は純の体を思って、料理に励んだ。純は食べられない日もあったが、何とか睦のおかげで体を壊す事はなかった。

そして、結婚してから十年経ち、一人娘、未来が生まれた。もうこれこそ幸せの絶頂期であったと思われた。しかし未来が二歳になる頃から純のおかしな行動が目立ち始めた。

例えば、未来を風呂に入れてあげるのはいつも純だったが、ある時、未来の体を洗っていた時、純は自分の娘なのに、小指を立て、未来の大事な部分に指を入れようとしたのだ。

「何なんだ俺は！」

と純は頭を振って、未来を抱きしめて、「この感情は何なんだ！」と悩み始めていた。未来はかわいいに決まっている。

しかし、何か未来が異物であるような感じをこの頃からずっと感じていた。

純は悩んでいた。もう保険のお金を払えない。多額の保険に入っていた。

俺はやっぱりどうかしている……。

弟、捷の気持ちがわからないではなかった。

捷はやれば何でもこなせる男だ。俺みたいな無器用な男は、ただ努力だけだった。

捷はわかっているのか？

あの試合で捷を潰してしまった。

父の言うように、俺が盾になり、二人で日本一を目指そうとしていたんだ。

なのにあいつめ！　剣を捨てやがった！

たったあの一試合でだ。

何故だ！　何故だ！……。

やめよう！　やめよう！　もう捷のようなバカな事は考えないようにしよう！

そうだ！　もう保険を解約しよう！

バカだったなと純はウイスキーを飲み干し、眠ろうとした。しかし、この夜は何だか、おかしかった。暑さのせいもあるが、中々、寝つけないでいた。窓を少し開け、刀剣を手入れしていた。純は眠れない日にはいつもこれをやる。そして、妄想に耽けるのである。自分より強い相手を剣で切る妄想を。

午前二時が過ぎていた。

ああ、もう眠らねば、と横になった。

しかし、本当にこの夜はおかしかった。目が覚え、何だか五感がピリピリするのを感じた。

純は寝るのをあきらめ、ただ横になっていた。辺りはシーンと静まりかえっている。犬の遠吠え、風の音にカーテンが揺れる様、時々、ピッとするラップ音。

ただ身を委ねていた。

すると音という音がまったく聞こえなくなった。

何だかおかしい。不気味な悪寒がする。これは、もしや！

純は竹刀を手に取り、一階へゆっくりゆっくり猫のように下りていった。

台所付近で何かが蠢めいている。

睦か？　と思ったが、この恐怖は何だ。

暗闇の中で
三尺。……二尺。……一尺。

蠢めく者は気がついていないらしい。

純はそっと、竹刀を立てた。息を殺し、相手の呼吸に耳を傾けた。

三寸。……二寸。……一寸。

純は目を瞑った。

そして、相手が気づいた所で目を開けた。
今だ！　ツキを打った！
相手は声もなく崩れた。
純は電気スイッチをつけた、見知らぬ若い男だった。

『心は一生　技は一瞬
　体は一時のごときなり』

会得した！
これなら高鍋先生に勝てるかも知れない。
そう思った。
そして、
「よし！　今日、決行しよう！　思っていた事を果たすのだ」と。
午前三時を過ぎていた。

ある男の死

ある男は酒屋にいた。午前中から飲ませてくれる店は、この店ぐらいしかない。まわりの人とは間を置いて一人で飲んでいた。

しかし、一向に酔いが回らない。もう八合ぐらい飲んでいるのにだ。

店主は、「何でこんな若いのにこんな所にいるのだろう。何かあったのか?」とまわりの人とひそひそ話しをしている。何だか男はいづらくなってきた。もうこの辺でやめようと思った時、ある一人の老人が、ひょいと店に入ってきた。店主はニコーとして、

「ごくろうさん。あんた偉いねー。介護大変だろう。……いつものだね」

と、生ビールをすぐに出した。

その老人が横に立った。ちょっと話しかけてみたかった。話そうとすると、向こうからすぐに話しかけてきた。

「おう! 新人さんだね。しかし若者よ。今が一番あんた幸せだよ。俺なんかババアの介護で、空いた時間にこのビール一杯。これが楽しみさ! これ以外にない、しかしあれだね、息子、娘がいるけどさ、全然、顔を見せないで、介護、俺一人でやっているようなものさ。そう言えばあんたぐらいの年だよ、息子は! しかし親不孝はするなよ、将来、後悔するよ」

ある男は、自分の父、母を思い浮かべていた。定年前に、前借りをして自分のために家を買ってくれた父。「恩義に思うな、俺達がヨボヨボになったら、そこに住ませてもらうよ」と案じてくれた父。そして母は、「長男が次男になめられたら終わりよ」とよく言ってくれたね。もう小さい時から、弟の方がよくできていると見抜いていたね。すばらしいよ母さん！その通りだ、やっぱり親だな。

老人は一向に話しが止まらない。ある男は、

「おごりますよ。もう一杯どうですか？　もうそろそろ帰りますので」

と言い、そして、

「お父さん！　お父さんが元気だから息子や娘さんも安心しているんです。もしお父さんが倒れた時、すぐに飛んできますよ。世の中そんな捨てた物じゃないですよ」

老人は、

「ほう、そんなものか？」

「本当は、僕が父母の面倒を見なくてはならない。しかしもうそれができない」

ある男は店を出て、唇をかみしめ、手をギュッと握り、あてもなく歩いていった。足どりはしっかりしていた。

「お父さん、お母さん、ご免なさい。もう僕は限界だ……」

ずっと父母の事を思い、店を出てから三十分程歩いた。ふと学校が見えた。中学か高校か

のグラウンドを眺めて歩いていた。

「そう言えばよくやってたな野球。プロを目指していたもんな」

右肩を摩った。

通りを曲がった時、テニスコートが見えた。黄色い声が飛びかっている。

その時ふと、まっ黒に日焼けしている少女が見えた。真剣にボールを打っている。その子はまわりの誰よりも日焼けしていて、化粧がなによと言わんばかりだった。とたん、足がグラグラッとして、頭がフラフラしてきた。

「ああー。未来、頑張れよ！　未来！」

自分の娘をその子に重ねたのだろう。ひどい酔いが回ってきた。もう、ある男はその場にうずくまり、立てなかった。感情があふれ、わけのわからないことをわめいた。

学校の事務員が来て、

「昼間からどうしたんだ、おじさん！　迷惑だから向こうへ行ってくれないか！」

自分も立場がかわれば同じ事を言っただろう。そしてこの時、アルコールの怖さを知った。何故今まで相手の事を思いやっていかなかったのだろう。フラフラになりながら、いつも自分の事ばかりだったなと悔やんだ。嘔吐して楽になった。そして事務員にすまなかったと言い、駅の方へフラフラになりながらも歩いていった。

駅に着いて、数十分だろうか、ベンチに腰掛けていた。そしてある男は通りゆく色んな人を見ていたが何も感情が湧いてこなかった。それは〝無〟に近かった。

喧嘩しながら歩いている男女、ゆっくりゆっくり歩いている老人、はしゃぎながら母の手をとって歩く子供——。

何もかもがほほえましい。目に映る全てのものが愛《いと》おしい。今なら何でも受け入れられると勘違いするほどの己を消した、そんな〃無〃だった。

横に座っていたおばさんが怪訝な顔をして話しかけてきた。

「兄さん、さっきから携帯がずっと鳴っているよ、出ないの?」

携帯を見てみればハッとなった。もうあれから三時間ぐらい座っていた。妻から会社から二十分おきに着信があった。

それがまったくわからなかった。

すると練習が終わったのだろうか、あのまっ黒に日焼けしているテニスの少女が友達三人と、笑いながら電車を待っているのが見えた。ある男はとっさに、すっと横にいって、

「学校楽しいか?」と言うと、

三人とも、揃って、

「ハイ!」と元気よく言った。

「いい返事だ!」

その瞬間、ある男は入ってくる電車にスーッと身を委ねた。一瞬の静寂があった。

ある男の精神はもとより肉体はバラバラに砕け散った。

「え……………………」

「何だったの今の…………」

八月三十日、午後五時十五分、娘達の楽しかった夏休みは一日を残して、終わった。

弔い

九月一日、午前十一時、その辺りは悲しみの嵐だった。

笹川純。享年三十五歳。自殺。

遺体のない遺影だけの葬式だった。父は寝込み、母は何故かしっかりしていた。捷はイライラしていた。

「何故だ！　何故だ！　あんなに幸せだったはずなのに！」

恵美子は泣きながら父を介抱していた。

そして、妻、睦は憔悴しきってずっと、所在がわからないのかボーッとしていた。そしてあの夜、もし泥棒が入らなかったら、こんな事は起こらなかっただろうと、最後の夜の事を思い出していた。娘、未来は睦の横で何なのだろうと、怜と母と葬式に来る人々の顔を見比べて、キョロキョロしていた。高鍋一平は、無念と腕を組んでいる。意外にもこの葬式を切りもりしていたのは、母、薫だった。薫も本当は悲しいに違いない。

「私は、この愚直にも生きてきた長男、純の母だ！　悲しみを抑え純にしてやれる事は動き回る事だけだ」と。

私しかいないと。気丈だった。

死ぬにも順番がある。まず親、そして兄弟妹これが狂えば残された者は、果てしない苦痛を与えられる。そして、親より先に死ぬとなれば、その親に、生きる希望を見い出させなくする。だからだ。母、薫が偉いのは。


遺書。

俺はお前達から姿を消す。悪く思わないでくれ。一年前からずっと思っていた事なんだ。何故だときかないでくれ。お前にはうすうすわかっていた事だろう。女である君は敏感だからな、もうこれ以上、隠し事はしたくない。未来が生まれた時からの三年、こんなになるとは、自分自身、想像もしていなかった。どうか未来をりっぱな大人にしてやってくれ。俺にはできない。未来にずっと隠し事なんてできない。わかってくれ。それから俺がいなくなってから捷を俺の書斎へ招いてくれ。あんな男になったのも俺の責任だ。俺がいかに捷が思っているような男じゃないと、書斎へ入れば、わかるはずだ。今までありがとう。

愛する睦、未来へ

捷は葬式が済んでから三日後、兄、純の家へ招かれた。本当のところは行きたくなかった。しかし、遺品の整理もあるし男手は捷一人だ。葬式の後、義姉、睦に真剣なまなざしで家に誘われたが、一人じゃ行きたくないから、怜と恵美子も一緒に連れてきたのだ。怜は未来と遊べばいい、恵美子は睦さんと話せばいい。そう思いつき、初めて兄、純の住んでいた家へ向かった。一時間程で帰るつもりだった。

「ここがそうか」

割と広いりっぱな医者らしい二階建ての家だった。怜と恵美子は何回も来ているらしい。入る前、戸惑っている捷の横から、「未来ちゃん遊ぼ！」「今日は～」と元気な声で捷をさしおき、自分の家であるかのように二人はサッと入っていった。

「義姉さん、今まで来ないでゴメンね、ちょっと色々あるからさ～」

「そんな事いいの！　上がって！　純の書斎は二階よ、後でお茶持っていくわ」

二階へ上がり、ちょっと深呼吸してドアを開けた。兄貴の匂いと線香の匂い。六畳ぐらいだろうか？　何か広く感じる。机には医者らしい医学の本と、写経、日記、兄貴らしい時代小説が並んでいる。そして横には、よく手入れされた刀剣。

「何故こんないい暮らしなのに自殺なんかしたんだ！　これからという時じゃないか！」

イライラが止まらなかった。やっぱり来ない方がよかったんじゃないかと悔やんだ。

机の上の日記をペラペラめくり、偶然にも、兄貴らしくない書きなぐった乱れた字の文が目に入った。うんと目を通してみた。

……未来は俺の娘じゃない、こんなはずじゃなかった、わかってた事だったのに……

「えっ」

読み返した。どういう事だと何回も読み返した。

振り向くと、後ろでお茶を持って立っている睦がいた。

「ど、ど、どういう事！　姉さん！　未来ちゃんは……」

「日記を見たのね。そうよあの人の娘じゃないわ。あの子の父は、あなたのよく知っている親友の守さんよ」

睦はわざとわかるように日記を机の上に置いていたのだった。

葬式の帰り道、二人の医者仲間と内村守は、喫茶店へ入った。

「九月というのに暑いねー。お姉さん、アイコーヒー三つ！」

それでいいだろと、リーダーの一人が目配せした。

「しかし悲しいね。ありゃー完全な燃え尽き症候群だよ。なあー」

一人は頷き、守は黙ってずっと考え事をしていた。

守はあの時の事を思い出していた。純と睦が相談があると言って話を聞いてみたら、「お前の精子を分けてくれないか」というショッキングな内容だった。医者である守は、「もしかして純、お前は無精子症か？」とすぐ察しがついた。これは三人だけの秘密にしてくれないかと言われたが、ちょっと考えさせてくれと言って、その場は守もショックのあまりすぐには判断できないでいた。

そしてある夜、よく流れている大家族シリーズのＴＶ番組をなにげなく見ていた。ただ眺めるだけで、違う事を考えていた。あんな努力をおしまない、野良犬みたいな気骨な男が、この世に子孫を残せないのか？　ああいう純みたいな男がこの世にいなくなるのか？　あの二人はこれからの長い人生を寄り添いやっていけるのか？　子供は親の鎹《かすがい》とも言う。

守は、純と睦の事を考えているのだった。

「大家族シリーズ」を見ていると何故かホッとする。このお父さんは十人の子供がいる。腹違いの子供もいる複雑な家庭。それでも皆な貧乏でも笑って暮らしている。ふと血のつながりはどうって事ないんじゃないか？　と思ってしまう。このＴＶで流れている家族の笑顔を純と睦に重ねていた。

そうだ！　そうだろう！　どうって事ないんだ。純ならうまくやっていける――そう決心した。守はこの決断が純の苦悩の始まりだとは思いもしなかった。

「おうー、守はどう思う？　やっぱり燃え尽き症候群だよな」

「ああそうだと思う」

守は違うと思っていたが、三人の秘密として守っていかなければならない。医者仲間と少しばかり世間話をして、喫茶店を出た。

一人で帰り道、歩きながらずっと考え込んでいた。しかし未来が、自分の妹の小さい頃にそっくりなのにハッとしていた。もしや純は、血のつながりのない未来を、これ以上見てられなかったのではないか？　三人のあの判断は、やっぱり間違っていたのではないか？　捷君を説得して、彼の精子を提供した方がよかったのではないか？　しかしあの時、二人の仲たがいのせいで、いかに血のつながりがあっても、純は拒否しただろう。だから俺に相談したに違いない。あれから四年、純をずっと遠ざけていた。あらぬ思いをもたないために。純とは親友だったのに、自然と会わなくなっていった。これからどうするか？　未来を引き取ろうか？　しかし俺にはもう嫁と実の子供がいる。嫁はどう思うのか。もしかして純のようになってしまうのか。それはできないな、どうする？　血のつながりというものは恐ろしい。

守の苦悩は続いた。

守は、喫茶店へ入った。純が残した日記の一部を睦から受け取った事を思い出した。

……守、許してくれ、そして、わかってくれ……

「わかってくれだと！　純！」

怒りが込み上げてきた。何故そんなに心が小さいんだ！　お前だったら仲良くやっていけると思ったからじゃないか！　ふと気づくとまわりの人から色んな声がしてくる。夫の愚痴や世間話をしているおばさん達、学校での出来事で盛り上がっている女子高生――何て皆んな小さいんだ！　何でそんなに心が狭いんだ！　守はテーブルを、バンッと叩いた。皆んな振り返って、「何なの？」とヒソヒソ話をしている。守は、落ち着け、落ち着け、と座り直した。あれこれ考えている時、携帯が鳴った。睦からだった。久しぶりの電話だった。

「迷ってるでしょ……」

「ああ」

「心配いらないわ！　守さんは自分の家族を守って！　私は未来と生きていくわ。もう電話はしないい。守さんも電話はしないで！　未来の事は忘れて！」

「わかった。何もしてやれなくてゴメンよ」

「それじゃあ……」

少しの助け舟だった。救われたと言っていい。もうあの家族に干渉はしない、そう決めた。

今日一日だけだ。今日一日、乱れよう。

捷はショックのあまり、その場に座り込んだ。

「そうか、兄貴にも色々あったんだな」

睦は、

「お父さんにもお母さんにも、そして恵美子さんにも、内緒にしてほしいんだけど」

父や母、そして恵美子にもこれ以上ダメージを与えてはならない、捷は即答した。

「もちろんだ。しかし守さん、どうして教えてくれなかったのだろう。わかっていれば、もっと兄貴の見方が変わったかも知れないのに」

「守さんもずっと苦しんできたのよ、わかって」

捷はしばらく考えた後、

「義姉さん、ちょっとの間、一人にしてくれるかな?」

「わかった」

お茶を置き、睦は下へ行った。睦が階段を下りるのを確認して、しばらく横になった。

「そうか～、兄貴も色々あるんだな……」

そしてふと頭の上にあったCDラジカセのボタンを押した。モーツァルトの「レクイエム」が流れた。

「こんなの聴いているから死にたくなるんだ兄貴！」

CDラジカセの横に並んでいるCDを手に取ってみると、指揮者は違うが、モーツァルトの「レクイエム」が約十枚ぐらい（リリング、アーノンクール、カール・ベーム、アバド、など）横にあった。

カラヤンぐらいは知っているけど、どこがどう違うんだ。そしてこれまた作者の違う「レクイエム」（フォーレ、ベルディ、カンプラ、チマローザ、グリッペなど）があった。

やっぱり兄貴らしいや――とことん追求している姿がそこにあった。ふと捷は思いついた事があった。兄貴を弔うにはどうしたらいいか。俺は無宗教だ。宗教なんて信じていない。「レクイエム」はキリスト教、写経、線香は仏教、後はイスラム教、う〜んイスラム教には馴染みがない。日に五〜六回のアッラーへの祈りは何か違う。今は九月……九月……。そうだ！　ラマダンの月（イスラム歴の九月をここでは太陽暦の九月にした）だ！　断食の月。兄貴の弔いにこれをやろう！

この思いつきが、捷が世の中にもう一歩前へ踏み出すきっかけになるとは思いもよらなかっただろう。

一カ月か、一カ月も会社休めるか？　難しいが会社に電話をまず入れるしかない。すぐ会社に電話した。

会社の課長は当然怒った。そして困惑した様子で捷の熱い思いを受け入れた。この時、捷は会社を辞める事になってもいいという思いだった。ただ父に申し訳ない気持ちにもなっていた。

そして捷は兄、純の部屋で一カ月、弔う事を決めた。これは自分のためにもなると予感しての事だった。三日間ぐらいは死ぬほど苦しかった。こんなバカな事やめちまえ！　という声と、お前が変わるために考えた事じゃないのか？　という声。色んな思いが交錯する禅問答のような日々だった。ただ何をしていいのかわからないまま、残された兄の日記を読んで気を紛らわせていた。いや読んではいたが頭に入らないまま過ぎていったと言っていい。だから写経をするようにした。五日過ぎたぐらいから、やっと落ち着いたのだった。

いつものように「レクイエム」を聴き、線香を絶やさずにつけていた。ジッとしていると兄の事をいやがうえにも考えてしまう。死のうと思って、一年過ぎて、本当にやってのけた人はいるのだろうか？　兄は一年前、多額の保険に入り、まんまとやってのけた。保険をやっている友達に聞くと、そんな人は今まで誰一人いないという。だから計画的自殺（現在、生命保険の自殺免責は二、三年が主流となっている）はありえないから、保険は成り立っているのだ。ただあらぬ疑いを保険会社にもたせぬため、電車事故という形をとった。しかし、遺書があるとはどういうことだ。あの兄は何？　何者？……と考え込んでしまう。人間には、その人の範疇《はんちゅう》、域、枠がある。それを越えてしまったのではないか？　ひょっとしてもう人間ではなかったのかも知れない。ひょっとして選ばれた人なのかも知れない、神という者がいるとすればだ。捷は頭を振った。こんな科学の発達した世の中で、そんな事はありえない。あの夜、何かがあったのだ。何かが兄を目覚めさせたのだ。ずっと考え込んでいる捷だった。

「これこそ弔いだな。しかし、長いなぁー」

やっと落ち着いてきて、兄が中学生から綴ってきた日記が頭に入ってくるようになった。一週間をちょっと過ぎての事だった。

「レクイエム」を聴いてきたが、なるほど、指揮者が違えば音もこんなに違うのかと、クラシックをあまり聴かない捷は、奥深いとはこういう事かと、流行歌やロックを聴いていた捷には一つの収穫でもあった。

ああ、いいものだね兄さん。高貴な気持ち、落ち着いた気持ち、何かリセットするような気分がないまぜになってやってくるよ。でもモーツァルトの「レクイエム」の中でも、少年合唱団が歌っているこのCDがいいよ。何か怜が俺に歌っている気持ちになるよ。頑張れ、頑張れって、また時には慈しむような声に変わるんだ。今まで聴いてこなかったのが悔しいな。

二週間経つともう捷は慣れた手つきで線香をたき、今度はモーツァルトとは違う「レクイエム」を聴き始めていた。特にチマローザの「レクイエム」をよく聴いた。テノールの独唱が気もちいいからだ。中々、兄貴いいCDをいっぱい知っているな。そして三週間が経ち、いつものように日記を読んでいた。

……今の流行歌はもう面白くない。いつからだろうか、もう若者だけの音楽になってしまった。ならば俺が……と思う。……

「んっ……？」

……ならば俺が……

……ならば俺が……

兄貴の事だきっと、きっとだ！　捷は部屋中に何かを探し回った。それは押入れの隅で、もういつ捨ててもかまわないというようなスーパーの袋の中にあった。

「あった！　あったぞ！」

その袋の中は、純が作成したカセット四本、あらゆるレコード会社の不合格通知書、そして劇団の合格通知書と一緒に、紳士服会社のチラシが三枚あった。それを見ると、純がカッコをつけてポーズを取っていた。

「ハハハ……ハハハハハ……！」

捷は転げ回って笑った。

「兄貴もやるなぁー、俺の知らない兄貴だ！　こんな事もやっていたのか？」

やっと純との距離が縮まったように捷は感じた。その頃、下の階では、恵美子と怜が遊びに来ていた。

「あっ……ドタバタしてる……。あっ……今度は笑ってる。ねえいいの義姉さん！　あんなバカ兄貴、家にいさせて！　何だかもう自分の家みたいじゃない！」

「いいの、いいの、私と未来は女だから、男の人が家にいないと、又、泥棒が入るかも知れないから、本当のところは助かってるの」

捷は、今度はカセットを再生した。純の仏頂面を見続けていた捷は、又、笑い転げた。

「あの兄貴が？……あの兄貴が！……ハハハハハ！　あぁ苦しい！」

下手くそながらも甘い声で愛の歌を唱っている。この兄、純が面白くてならなかった。

「そう言えば、兄の笑った顔は中学以来ずっと見た事ないな？　いつも怒っていたな」

今度はアルバムを探し始めた。捷は、睦と未来の部屋にあるだろうと思い下の階へ下りた。台所で、

「おっ、来てたのか恵美子！」

「兄さん、線香くさ！」と鼻をつまみ、

「会社も行かないで何してるの？　怜ちゃんを私や睦義姉さんに預けて！」

「あともう少し厄介になる。ご免ね義姉さん、ああそれとアルバム借してくれないか？」

睦は、「すぐ持ってくるわ」と部屋に戻り、すぐに手渡した。捷はすぐに二階へ行った。

「兄さん痩せたわね」

「ええ……夕食だけ食べていくわ。何か色々考えているみたいよ」

「へぇ～～、あの捷兄さんが」

「ところで恵美子さん、今日は何？」

「ああそうなの、お父さんがどうも弱ってしまって元気ないの。怜ちゃんと未来ちゃんが来てくれたら喜ぶと思って」

「ああ、じゃーそうしましょ。四人で実家へ行きましょ」

睦は捷に、出かけてくるとだけ言って四人は玄関を出た、すると玄関の近くでウロウロしている人物がいた。守だった。恵美子はすぐ守を見つけて、

「ちょうどよかったわ。守さん、捷兄さんが家にいるわ。二人で留守番してて」

「捷君いるのか？　それじゃ伺うよ」

睦はビクッとしていた。もしや未来を引き取りに来たのではないかと思ったからだ。

守は睦に「後で電話する」とだけ言って、玄関へ入っていった。駅へ行く途中、睦は未来の手をギュッと握りしめて離さなかった。

「渡すものか！　絶対、渡すものか！」

とブツブツ呟いていた。携帯が鳴った。すぐに守とわかった。

「睦、来てしまってゴメンよ。もう来ないよ。ただ、未来の写真を一年に一回、送ってくれないか？　俺はそれだけでいいから」

「それぐらいならいいわ。守さん、苦労かけてゴメンね」

「いいんだ。それじゃそういう事で」

と電話を切った。睦はホッとした。

恵美子は恵美子で怜の手を握って、やはり、優子の事を考えてしまう。

「もう皆んな、おかしくなってきてるよ。優子、あなたさえいてくれれば……」

怜をじっと見る。この子はおっちょこちょいだけど、優しい子に育った。目のあたりなんかあなたにそっくりよ。もう未来を本当の妹のようにかわいがっている。優子……あなたは捷兄貴の言う冷たい女じゃないはずよ。怜を見ていればわかる。本当は優しい人なんじゃないの？　怜にはもう母親が必要よ。帰ってきて優子！　そして、私達を助けて……。

この頃、山村優子は韓国にいた。遠い親戚が住んでいたからだ。又都合のいいように美容整形が世界トップクラスという事で、優子も整形をした。目、鼻、口を手術しただけで、飛び切りの美人になっていた。名前も林怜《リンレイ》とし、姿をくらました優子にとって、こんないい場所はなかった。もちろんモデルの仕事もたくさん入ってきた。お金も充分入ってくるようになった。これなら、怜を迎えに行ける、そう信じた。しかし、いくら稼いだとしても、為替レートで換算するとウォンは低過ぎた。日本で暮らすには、後、十倍働かなければならなかった。そこで優子は、モデルで友達になったアメリカ人のつてを使って、アメリカへ渡る決心をした。

「もうちょっと待ってて怜。私はもっとお金を稼いでくる！」

怜の写真を手にアメリカへ渡っていた。もう優子には頼る者など、誰もいなかった。この後、優子の足取りは、完全に途絶える事になった。

希望

守は睦への電話を切って、捷のいる純の部屋へ入った。

「ようー、捷君、久しぶりだな」

「守さん！　何で言ってくれなかったんだよ！」

捷はアルバムを手に、いっぱいの涙を浮かべていた。

「ああ、色々あってな。捷君、俺にもアルバム、見せてくれ」

アルバムには未来を中心に、笑顔の純と睦がいた。守は未来の顔写真をジッと見つめていた。そして、部屋に入った時に感じた事を言った。

「下手くそな歌だな、誰だこれ？」

「ハハハ、笑うだろ。兄貴の声なんだ」

「あいつ歌を作っていたのか？　それで浪人したんだな、あいつめ！」

「それに見て、兄貴の紳士服のチラシ」

守は涙を流しながら元気なく笑った。

「守さん、俺、又、剣道やるよ！」

「ほんとか捷君！　死んだ純が喜ぶぞ！　しかし捷君、今、何歳だ？」

「三十三歳です」

「三十三か〜、厳しいぞ捷君。世の中そんなに甘くないぞ！」

「それでもやってみたいんだ。何かわくわくするんだ」

捷は少年時代の剣道を始める前の感じに戻っていた。

「そうか、それなら、高鍋先生の所へ行こう。捷君がやるなら、高鍋先生も喜ぶぞ！」

守は、純の家へ来てみるものだと思った。捷の目が変わり始めている。純よ、お前が死んでからでは遅過ぎるが、俺はうれしいぞ。

「それなら今から、高鍋先生の所へ行こう。捷君の気持ちが、又、変わらないうちにな！」

「わかった」

そして二人は、高鍋一平の元へ向かう事になった。ふと玄関で、守はこの変わり始めた捷に言った。

「捷君、君、そんなに泣く奴だっけ？」

「ハハハ、色々あるんだ」と捷は言った。

何かいい方向に向かっているのを感じた守は、うれしかった。


それから一週間が経った。もう会社へ行かなければならない。捷はずっとこのまま、純の部屋にいたかった。居心地よい部屋になっていた。

捷は、自殺しきれなかった事を思い出していた。いつも寝る前に、知らず知らず、腹の傷口を摩っていた。あの時、切腹を選んだのは、土佐勤王党の武市半平太が好きだったからである。武市半平太は三文字切りをやってのけた。無念だったろう。本当の侍だと捷は尊敬していた。自分にもできるんじゃないかと腹を二センチ切った所で意識を失った。それから後は、あまり覚えていない。

しかし、昔の侍はすごいな、精神力が半端じゃないなと思っていた。捷は、真似できないなと恥じていた。

もう家の外は秋の風が吹き込んでいた。気もちいい風に身を任せ、横になっていた。いつしか眠りに入った。

「サイレンの音が聞こえる、けたたましい音だが……僕は死んだのだろうか？……」

ふと下の階が騒がしい事に気づいた。何だと恐る恐る階を下りていった。すると台所では人がいっぱい集まって笑い合っている。その中に皆んながいた。父や母、睦さんや守さん、恵美子、高鍋先生もいた。それに知らない外国人の大人や子供がいた。何だと思った時、中心に、なんと純兄さんが笑ってこっちを見ている。純兄さんは俺に気づいて、くしゃくしゃな笑顔で手招きをした。ええ……こんな俺でも仲間に入れてくれるのか？　うれしかった。泣きながら台所へ向かった。

瞬間、目が覚めた。

ハッと飛び起きた。それにしても、はっきりとした夢だった。捷はこの時、力がみなぎってくるのを感じた。ちょっと立ってみた。すると足が地に着く、どっしりとした感じがした。

捷の喪が明けた。

捷は台所へ下りていった。やはり人はいない。

睦は考え事をしていた。何故最愛の純が死んだのに、こんなに平穏でいられるのだろう、それは家に捷さんがいる。ただそれだけの事なのだろうかと。ずっと捷さんが家にいてくれたらなぁと思い始めていた。

「そうだ！　今日は捷さんが好きな煮しめを作ろう！」

と、台所へ向かったところだった。

「義姉さん！　ちょっと電話借りるよ！」

睦は突然だったので、「ヘッ」と素頓狂な声を上げた。

捷は会社に電話した。

「明日から、会社へ行きます！」

「笹川君、君の対処をどうするか上と話していたんだが、本来、出向となるはずだったが、どうだ！　営業部へ行くか？　ちょっと厳しいぞ。この五年で結果が出なかったら、君の方から会社を去ってもらうことになる。君の居場所は、もうそこにしかないんだ」

「わかりました！　頑張ります」

課長はその後、

「うーん、まだ四時か。今から会社に来い！　打ち合わせをしたい。来れるか？」

「ハイ！　今すぐ行きます！」

と電話を切った。捷は睦に、

「義姉さん、心配かけてゴメンね。もう会社へ行くよ」

捷は玄関を出て走って会社へ向かった。睦は未来と二人きりになった。この時、

「ああ、捷さん、もう来ないのかも知れない」

と思った。すると一抹の寂しさが込み上げてきた。この一カ月、純のいない穴を埋めてく

れたのは捷さんだ。捷さんは未来や怜ちゃんに、ギターを使って童謡を作って聴かせてくれた。未来は、「もっと歌って」とダダをこねた。怜ちゃんも、「もっと、もっと」と言っていた。純にはない捷さんの魅力だった。純が去って捷さんまでもがいなくなる。

睦は不安を覚えた……。何かが、何かが急に込み上げてきた。

「純！　あなたは心の小さい人だった。ただ一生懸命に何事にも向かっていく。そういうあなたが好きだったのに！　純！　純！　純！　純のバカヤロー！　私は未来とずっとこれから二人で生きていかなくちゃならないの！　血がつながってないだけで、何で死ぬの！　この、完璧主義者！　完璧主義者!!」

初めて見せる睦の慟哭《どうこく》だった。純への憎しみ、愛しさが、捷がいなくなったことで、それは現れた。

睦は泣きじゃくりながら、ただ、茫然《ぼうぜん》としていた。ふと電話の置いてある場所へ目を向けた。

「あー、捷さんの後ろ姿、純にそっくりだったなぁー」

と、さすが兄弟だと思った。いずれ、お義父さん、お義母さんもこの家にやってくる。血のつながっていない私や未来は、耐える事ができるだろうか？　睦はこの時、捷を失ってはいけないと思っていた。自分はまだ三十三歳だ。あと、一人や二人、子供もつくれる。捷さんは同い年だ。もし一緒になれるなら、私は本当の笹川家の一員になれる。そうだ！　そうしよう！　捷さんが落ち着いたら、私から告白しよう。きっと捷さんもわかってくれるに違いない。あの電話の様子じゃ、これから大変だろう。私に何かできないだろうか？　それに、今の捷さんとならやっていける、怜ちゃんのお母さんにもなってあげられる。

そうだ！　そうしよう！　今度は私から告白しよう！

睦はさっと立ち上がり、台所の横の小窓を開けた。睦の顔に、この家に、優しい秋の希望の光が差し込んできた。

第二章

十五年後の笹川家

──十五年後──

お義母さん、何故一人で頑張っているのですか？　お義父さんが、パーキンソン病になってどんどん悪くなっているみたいです。どうか私にもお手伝いさせて下さい。未来もお義父さんの事を心配しています。しかし、あなたは頑なに拒否しました。

「子供は勉強しなさい！」と。

……純が死んでからあなたは変わった。笑顔が見られなくなった。私は捷の子供を産みました。女の子、愛を産みました。あなたは喜んでくれるとばかり思っていたのに、あなたの顔には笑顔が戻ってきはしない、純は死んだのですよ。あれから十五年も経つというのに……。こんなはずじゃなかった。私はやっと笹川家の一員になれたと喜んでいたのに。お義父さんがもし死んだら、あなたはどうするのですか？　私はそれが心配でなりません。捷と怜には、少し心を開けているみたいですね。やっぱり嫁と姑は、世間が言うように、本当に大変だと知りました。私はいつもあなたを見守っています。いつかあなたに笑顔が戻るように、見守っていたいと思います──

睦は、出せない手紙を、机の中にしまい込んだ。

ああ、生活するっていうのは大変な事なんだな。若い頃は何とも思っていなかったのに、この頃とても疲れる。精神的にだ。しかし今、私は子供が三人いる。怜は二十歳になった。心優しい子に育ち、サッカーのクラブチームに入っている。だからもうあまり話すことはないが、この子も、お義父さんを気づかってか、よくお義父さんに話しかけている。お義父さんは、体が動かなくても、しゃべれなくても、頭は正常だ。未来は十八歳になった。甘やかして育てたせいか、アイドルを目指してアルバイトに励んでいる。そして愛、誰に似たのだろうか、とても活発な子でダンスミュージックにはまっている。もう十歳になった。だから私は救われる。この子達がいてくれるおかげだ。生きていくのはとてもつらいが、この子達がいるおかげで、励みになっている。そろそろ子供達が帰ってくる時間、ホッとする一時だ。


まず、愛がダンスミュージックを口ずさみながら、

「ただいまー」

と、元気よく帰ってきた。

「おかえり愛、ちょっと肩揉んでくれる?」

「又ー、ママー、そんなに大変なのー」

と言い、ステップを踏みながらの肩叩き。睦は、

「愛もね～大人になればわかるわよ、だから今、好きな事を一生懸命頑張りなさい」

「ハーイ」

と元気が良かった。未来がその後、続いて帰ってきた。それも女の子の友達を連れてだ。

「おじゃましま～す、おばさん」

何――おばさんだと！ と思ったが、仕方ないとも思った。愛と友達は部屋へ直行した。後は、怜。仕事をしながらサッカーをやっているから、多分、今日も遅いだろう。そっとしておこうと思った。一方捷は、営業部で働いていたが、剣道の練習をする時間がなかった。だから一年で会社を辞めた。その頃、仲の良かったN商社の川上時春さんに相談し、貿易会社を作る事にし、高鍋先生にも相談した。

先生は、

「今、剣道をオリンピックに、と日本の強者が外国へ普及活動をしているんじゃ……まあ、フランスの安藤君の所はどうだ？」

とおっしゃった。安藤人志は、全日本制覇一回、東京代表六回の剣士。四十二歳になられる。この人に習おうと思い、ヨーロッパで、ワイン、オリーブオイルなどをあつかう仕事をしようと決めた。そして気になるのは妹の恵美子だ。いつまでも相手を見つけられない妹に、

「お前、会社辞めて俺とフランスで仕事をしよう」

と誘った。それは、英語が苦手な捷にとっても都合が良かった。最初は順調にいっていた。しかし、アメリカで二〇〇八年に起きたリーマンショックをきっかけに、二〇〇九年のギリ

シャ不安、ユーロ危機が起こった。捷はさっそく、川上さんに相談した。川上さんは、

「捷君、今、世界が不況だが、このピンチをチャンスにできるはずだ」

と言った。考えに考えて、ギリシャワイン、オリーブオイルを安く仕入れ、中国と太いパイプがある川上さんのもと、高く売りに売りまくった。中国はその頃、世界が不況の時に経済成長を続けていた。もちろん日本の富裕層にも輸出していった。この二年程で、捷は五億ほど儲け、もうこれで充分だと日本で剣道に集中しようと思ったところ、恵美子の縁談が決まった。フランスのシャンパーニュ地方の農家の次男、ロベルト・ルジックのもとへ嫁ぐ事になった。ロベルトは体格がよく、あまりしゃべらない実直な男。日本の文化に興味を持っていて、恵美子と話が合ったらしい。捷は、

「どうだ恵美子、フランスへ来て良かっただろ」

「ううん、最初は食べていけるのか不安だったけど、まさか私に理想の男が見つかるなんて思ってもみなかったわ、ありがとう兄貴！」

川上時春さんは、

「おめでとう恵美子さん。相手はブドウ農家の次男だって？　ああこれでシャンパンを安定的に輸入できるパイプができた。やったな！」

と喜んでいた。

日本へ帰った捷は、やっと剣道だけに打ち込めると、高鍋先生のもと練習に励んでいた。

その年、全日本剣道大会で三位に入った。新聞は挙《こぞ》って、

「遅れてきた天才、現れる！」

と、誉めたたえた。しかし、次の年も三位どまりだった。それもそのはず、捷はもう三十九歳になっていた。勢いのある若手には、やはりかなわなかった。しかし後一歩のところまで来ていた。捷は方向転換をし、四十歳以上が出られる大会に集中し、優勝を毎年かっさらっていく事になる。それに、剣道を極めるために居合道も習う事にした。高鍋先生は、

「どうだ捷。もうそろそろ指導者の道を歩かぬか？　俺ももう歳だ。この道場の主となって俺の後を継いでくれ」

と言った。捷は、

「わかりました先生、今までの先生の教え通り、やらせてもらいます」

「ありがとう捷」

捷は、先生の教え、

〝剣の道は、人の道なり〟

を特に肝に銘じて、小・中学生を教える事になった。ただ強い剣士を育てるのではなく、礼儀礼節を重んじ、りっぱな社会人になる事を目的とした。捷がこれまで社会と関わって、これは基本だと思った事を伝えていくつもりだった。ただこの子は将来性があるなと思ったら、剣道の強い高校へ推薦をしていた。息子の怜にも、「剣道やらないか？」と誘ったが、「剣道なんて古いよ、俺、サッカーがやりたい」と言い、今時の子は皆な、サッカーをする。剣道に興味がないと思われたら、強い誘いはしなかった。それは好きこそ物の上手なれと言

うように、興味があるというのはとても重要な事だからだ。中学生を教えている時、竹ノ内瞬君という子がいた。どうやらもう剣道を止めると言う。

「何故だ！　竹ノ内君、剣道嫌いになったのか？」

「ううん……先生、僕はもうお母ちゃんの手伝いをして、アルバイトしようと思うんです」

竹ノ内瞬は、母一人子一人の家庭である。その事を知った捷は、授業料を取らないようにした。

「どうだ瞬君、剣道好きか？」

と聞くと、

「何だか、剣道ってわくわくするんだ」

と言った。捷は、自分が剣道を始めた時の気持ちを、この子も持っていると思いうれしかった。竹ノ内瞬は剣道を続け、今十七歳、全国大会にたびたび顔を出すようになった。

崩壊の予兆

内村守は開業医になって五年になる。この内村医院に、捷と睦はいた。それは未来の件である。三人は話し合いをしていた。睦は、

「ねえ守さん、もう未来は十八歳になるわ。もう守さんの事を話してもいいんじゃないかっ

て、捷とこうやって来たのよ。見て守さん、最近の未来の写真。この子ったら頭もいいのに大学行かないで、アニメのコスプレを始めて、フラフラしてるの。捷が頑張ってお金が家にあるからって、仕事をしてないのよ、もお〜」

捷は、

「いや、実は仕事をしてるんです。アルバイトですが、でも将来、アニメ歌手やアニメ作家になるって言っているんです。でも親としては、ちゃんとした会社に就職してくれた方が安心するんです。未来に、お前は実は守さんの子なんだよと話すと、もうちょっとビシッとしてくれるかな？　と思ってこうやって来たんです」

守は、数枚の未来の写真を見て笑った。

「ふふふ、未来、大きくなったな。それに今の時代の子は皆んなこうなんだよなー……。で、男の影はあるのか？」

睦は、

「いや、女友達が数人いて、その子達とグループ組んで、コスプレーヤーとか何とか言って、休みの日に家でその子達と遊んでいるわ。だから男はいないんじゃないかと思うんですけど」

守は、

「そうか。しかし告白となると、嫁の舞がどう思うのかな？　まずそれが心配だ。舞は睦も知ってのとおり天真爛漫な女でな、俺を信頼している、それに子供二人も順調に育って、医者を目指している。俺のこの医院を引き継ぐためだ。俺もこいつらをいい医者にしたいと、俺の持っている知識、技術を教えている所だ。う〜ん……時期尚早って所だな……。いつか俺もその覚悟はできている、そういう事だ、又、話し合おう」

捷と睦は、

「そうですか、又、おじゃまします」

と言って内村医院を後にした。二人が帰った後、守は、未来の数枚の写真を見て、

「いつかは……いつかは……」

と、時に涙ぐんで、時には笑顔で、写真をしばらく見つめていた。

笹川家では怜も家へ帰っていた。足をケガして、一カ月程練習や試合に出られないからだ。薫と久しぶりに談笑して、昇太の面倒をみていた。この時ばかりは、薫は上機嫌だった。それを見て、睦は、

「怜ちゃんはいいわね、私も同じように接してくれてもいいのに……」

と、浮かぬ顔だった。睦は捷に、

「ねえあなた、せっかく皆んなが集まったんだから、家族で食事に行かない？」

「そうだな、今度の土曜日、俺の知り合いのレストランで、夕食でもとるか」

「ええ、そうしましょ。」

睦は、義母薫とこの時は仲良くできないかと算段していた。睦は捷に、薫と隣の席にしてくれと頼んだ。当日の昼、捷のもとへ電話が来た。川上時春さんからだった。

「よう元気か？　捷君、今、うちの会社で新しい企画があってな。京都の町屋を使って、イタリア、フランス料理店を作ろうって話だ。京都はな、今、町屋が老朽化してるんだ。それを再生しようってんで、京都市と手を組んでこの計画に取り組んでいるところだ。どうだ、出資しないか？」

お世話になった川上さんを無下には断れない。捷は、

「三千万ぐらいだったら何とか出せますよ」

と言った。川上さんは、

「ああ、ありがたい。捷君、損はさせない。まあ俺の勘だけどな、ハハハ……。これはいい話なんだ、ありがとう」

と電話を切った。捷は、

「まあお世話になったからな、損してもいいや」

そう思っていたが、五、六年で三千万は戻ってきて、後はプラスになり、一生、捷の通帳へ入る事になる。この計画は後に、川上ロードと名付けられ、知る人ぞ知る場所となるのである。

夜、レストランで久しぶりに家族揃っての外食。円卓を席に並んだ。睦と薫は、父昇太を挟んで座った。捷は、

「母さん、又睦に遠慮して、そういう事をする。それを睦が困ってるんだよ。もっと睦に話

しかけて仲良くやってくれよ」

と思った。捷は愛の隣、後は怜と未来が座った。母薫と睦はよそよそしく、父昇太に食事をよそっている。愛と隣になった捷は、

「なあ愛、そろそろ剣道やらないか？」

と尋ねた。愛は、

「ええ！　お父さん、私は剣道よりも次のダンス大会へ出るの」

愛はダンスしか頭にないようだ。捷はガッカリした。すると何やら、怜と未来が言い合っている。大きな声で、

「おい未来！　わかっているのかお前！　高校卒業して、アイドルを目指すって？　芸能界はそんな甘くないぞ！　楽な方へ行きやがって！　ひょっとしてお前、父さんが金持ちだからって、そんな道選んだのか？」

未来は、図星だったらしく、

「でも兄ちゃん！　人生は夢なかったら生きていけないじゃん！」

「じゃあ俺みたいに、仕事をしながら夢を持て！　もう父さんに頼るのは止めろ！」

「わかったわ！　いい男見つけて結婚してやる！」

「ホラ、又、誰かに頼ろうとしているじゃないか！」

捷は、

「もういい、もういい怜！　めしがまずくなる。なあ未来？　あと二年好きな事やっていい。

それで食べる事ができなかったら、次の道を進め！　いいな！」

未来はシュンとなり、

「あと二年か……やってみせる！」

と、未来は残された食事に「くそ！」と、かぶりついた。捷はワインを頼み、今までの事を考えた。


――十五年前、兄の弔いの後、俺が仕事を再開した時、睦からの告白があった。あの時はびっくりした。しかし、怜も母親がほしい時、俺は快く受け入れた。怜も未来も分け隔てなく、睦はよくしてくれた。幸せだった。しかし一年で会社を辞め、フランスに行った時、兄の遺産を貸してくれたのも睦だ。俺は運よく大金を摑《つか》んだ。睦には感謝しかない。怜も俺の苦労を知っていて、俺が、サッカーをしたいのならヨーロッパ留学しろと言ったが、怜は、俺一人でやってみると言い、クラブチームに入って、いつかはJリーガーになるって夢を持って今がある。未来はどうだ？　俺の子供じゃないから、甘やかしたか？　まあ全てうまくいくはずないか……。

愛が横で、

「お父さん、パフェ食べたい、パフェ食べたい！」

と言うので、現実に戻り、

「おお、何でも好きなのを頼め」

と言い、もうそろそろ、お開きだなと思った時に、携帯に電話が入った。

「もしもし、笹川捷さんの携帯でしょうか?」

聞き覚えのない人からだった。

「あの～山村優子さんをご存知でしょうか?」

「優子⁉　あっハイ、よく知ってます」

「あの人、今日、自殺未遂しまして、病院にいるんですが……来て頂けます?」

「わかりました」

と言って捷は病院の名を聞いた。それは家族の団欒を揺るがす衝激的な出来事だった。

「おい!　睦!　怜!　ちょっとこっちへ来てくれ!」

捷は残ったワインを一気に飲み、睦をちらっと見て、

「怜!　お前を産んだ人が見つかった。今から横須賀の病院へ向かう。睦!　あとは頼んだぞ」

「わかったわ、でも早く帰ってきてね」

足を引きずった怜と捷は、タクシーに飛び乗った。ここから病院まで約二十分。捷は、

「こんな近くに住んでいたのか、優子……」

怜は、

「父さん、母さんってどんな人?」

「バカ！　母さんって言うな！　お前の母さんは睦だ！」

「その人どんな人か知りたい」

「あぁ、冷たいどうしようもない女だ！　顔を見てすぐ帰るぞ怜！　俺たちにはもう関係のない女だ、わかったな！」

「あぁわかったよ」

怜は、病院に到着し、電話をかけてくれた人に会い、病室へ通された。優子は眠っていた。捷と怜は、顔を覗き込んだ。怜は、

「この人どこかで会った気がする」

と言った。捷は、

「見間違いだろ？　二十年ぶりか優子……どこで何をしてたんだ……」

優子は整形をしていたせいか、二十年前とそんなに変わっていなかった。看護師が、

「今、安静にしているので、今回はこの辺で又、面会お願いします」

と言われ、病室を出された。

電話をかけてくれた人は、山崎と名乗った。六十過ぎぐらいの女の人だった。怜を見て、

「あなたが怜さんね、よく写真で見かけます」

山崎さんはスナックをしていて、優子はそこで働いていた。スナックの二階が優子の部屋だった。

「よかったら優子さんの部屋、見られます？」

と言った。優子がどんな生活をしていたのか興味があったので、案内してもらった。部屋へ入ると、サッカーをしている怜の写真が、所々に貼られていた。部屋はきれいに整えられていた。怜は、

「あっ思いだした！　あの人だ！」

「お前知っているのか？」

「ああ、僕のクラブチームに五年ぐらい前からカメラを手に観戦していたんだ。誰のファンだろう？　と皆んなが噂していたんだ……僕の母親だったなんて……」

捷は、

「何故名乗らなかったんだ、優子……」

すかさず山崎さんは、

「いまさら、私があなたの母親なんて名乗れないわってよく言ってたわ。色々あったのね……。だから怜さんを見られなくなってからずい分落ち込んでね。やめたんだと思ったらしくて、もう怜さんを見られなかったら生きていけないって言っていた。足をケガしただけだったのね」

捷は、

「優子！　お前のプライドってのは何なんだ！　くそっこんな事しやがって！　プライドなんか捨てて、俺に電話してればよかったんだ！　バカヤロウ！」

と捷は腹を立てていた。

「よし、もう帰るぞ怜！　俺らにはもう関係がないんだ」

山崎さんに、

「お世話になりました。入院代は、僕が払いますので、これからも優子の事、お願いします」

と言って、怜をタクシーに乗せて帰りを急いだ。捷と怜は、タクシーの中で、ずっと黙ったままだった。家に着いて、捷は一言だけ言った。

「もう今日の事は忘れろよ、怜」

怜はそう言われたが、心の中は動揺していた。それから二日経ち、怜はいてもたってもいられず、気がついたら、優子の入院している病院へ来ていた。

「僕のお母さん……本当のお母さん……一言でも話しがしたい」

その一心だけだった。部屋へ入ると山崎さんもいた。優子は怜を見るなり、

「いや～！　見ないで！」

と布団をかぶった。山崎さんは、

「この人、ご飯も食べないんですよ。私の事はほっといてって言って。点滴で何とか栄養を取っているんです。怜さん、今日はあれだから又来て下さる？」

「わかりました。」

と言って、怜は話もできないまま、病院を後にした。いよいよ怜は心配になってきていた。ご飯を食べないなんて、又、死のうと思っている優子を悲しく思っていた。怜は次の日も次の日も病院へ行く事になった。

「ねえ母さん、なんで食べないの？　なんで黙ってるの？」

ようやく優子はしゃべりかけた。

「ねえ怜、あなた私の事、怒ってないの？　二十年もほったらかしたのよ。もう来ないでいいのよ」

「あぁ母さん、そんな事はもういいよ。ただご飯食べてくれれば、もう来ないよ」

「あなた、私の事〝母さん〟て呼ぶけど、いいのよ、無理しなくて」

「母さんは母さんじゃないか、血がつながっているんだし」

「そう……」

優子はご飯を食べだした。そしてこれまでの経緯を、怜に話しだした。怜は黙って聞いていた。

それから優子は元気を取り戻した。もう優子は怜が来るのを楽しみにしていた。山崎さんに、

「怜は？　怜はまだ来ないの？」

と、尋ねていた。怜はもうご飯を食べられるようになって安心していた。だから見舞に行くのをやめていたが、山崎さんから連絡があり、

「あの人、又、ご飯を食べないのよ。怜さん、又、来て下さる？」

と言われ、怜は、

「あぁこの人は、もう僕が横にいないと何もできなくなったんだ」

と思い、自分を必要としてくれるのをうれしく思った。しかし父から、

「もう忘れろ」

と言われていた。それでも怜は、放っておくことができず、決心した。

「あの人と一緒に住もう」と。

この決心が、捷よりもむしろ、睦を苦しめる事になったのだった。

怜は、実家の近くにマンションを借り、優子と住む事になった。優子と怜は実家に挨拶に来た。捷は、

「優子！　怜はお前の子だ、こうなるのは仕方ない。しかしなあ、こんな形で怜を取るのは、卑怯だぞ!!」

睦は優子に平手を打った。

「今さらのこのこ出て来て！　あなたなんか死んでしまえばよかったのよ！　私が！　私が怜を育てたのよ!!　今日はもう帰って頂戴！」

優子は、

「ご免なさい……ご免なさい……」

と謝るしかなかった。捷と睦は二人を家へ上げる事なく、門前払いの形になった。

睦は部屋に閉じ籠もり、怜のこれまでの思い出の写真や家族旅行のビデオ、学校との通信書を探し出し、ずっと怜の思い出に浸っていた。捷は、

「睦、大丈夫か？」

と案じ、夜遅くまで付き合った。怜の思い出話を、泣いたり笑ったりして過ごした。ちょっと睦の様子がおかしいと思った捷は、心療内科に睦を通わせる事にした。

しばらくして、睦の事を案じてか、怜が家に帰ってきた。

「母さん、大丈夫か？　今日はプレゼント持ってきたよ」

と言って、小さな小犬を睦に差し出した。睦は、

「ええ！　おばあちゃんが動物アレルギーなのよ」

怜は、

「うん、おばあちゃんと話して、裏庭で飼うのならいいって言ってたよ」

睦は、義母薫も心配してくれているのを知ってうれしかった。怜が、

「お～い！　未来！　愛　ちょっと来てくれ」

「何～？」

と言って寄ってきた。未来と愛は、

「あら！　かわいい！　飼っていいのママ？」

睦は、

「名前は、何にする？」

愛が、

「ポンポンって何かいいなぁ～」

と言ったが、未来が、

「何か上野動物園でパンダが生まれて、〝レイレイ〟って名付けられたんだって」

睦は、

「それ、いいんじゃない？」

と言った。怜は、

「決まりだな、俺の名前を捩《もじ》ってレイレイか、よし！ これからお前はレイレイだ！ 皆んな、かわいがってくれよな」

何やら愛が愚図りだした。

「ねえ、猫も飼って」

怜は、

「猫はかわいいけど、うちはダメなんだ。う〜ん、そうだ！ こうしよう、お兄ちゃんの家で猫を飼うよ。だから、うちへ来てくれ」

睦は険しい表情で、

「ダメよ愛！ いっちゃダメ！」

と、怒鳴られた。怜は「しまった！」と思った。あの人に愛が会うかも知れないからだ。

怜は愛に、

「そういう事だ。猫はあきらめろ。愛、その代わり、レイレイをかわいがってくれよな」

「うんわかった」

と、しぶしぶ納得してくれた。怜は、それから二階へ上がった。

「父さん、いる?」

捷は刀剣を手入れしていた。

「何だか下が騒がしいな」

「うん、小犬を母さんに持ってきたんだ」

「お前も大変だな怜。あっち行ったり、こっちに来たり」

「父さん、あの人から」

と手紙を差し出した。捷はすぐに受け取った。

「怜! めしでも食ってけ!」

「いや、あの人が待ってるから帰るよ」

「そうか……」

捷はしばらく手紙を眺めながら封を開けた。


——捷さん、こんな形で怜を奪ってご免なさい。謝っても謝っても許してはくれないでしょう。私は怜を産んでから、一度だって怜の事を忘れないでいました。信じて下さい。私は韓国で林怜《リンレイ》として、モデルをしながらお金を稼いでいました。この時に怜を引き取っていればよかった。今では悔やまれます。私はもっと、お金を稼げるアメリカへ飛び、モデル、俳優を目指し、頑張ってきましたが、いつの間にか、怜を産んでから十二年も経っていました。よくアメリカンドリームと呼ばれますが、それはそれは、大変な事でした。夢が叶う、お金持ちになれるとか、皆なそう言って、ほとんどの人が打ちのめされて国へ帰っていくのです。私もその一人、アメリカへ渡って七年、何も結果を出せず、日本へ戻り娼婦として働くようになったのです。女一人生きていくのは、それしかありませんでした。

私は、何度も何度も捷さんに連絡しようと思ったのですが、あまりにも時が経ち過ぎていました。だから、捷さんや怜の身辺調査を頼み、どうしているのか調べました。捷さんはもう結婚されていて、怜がサッカーのクラブチームに入って頑張っているのを知って、この頃から、怜の追っかけを始めたのです。ただ何も言わずに、怜を見ている事だけが、私の生きがいとなっていました。

すると、怜がケガをして試合に出られなくなると、私はもう気が変になり、気がつくと手首を切っていました。そして今があるのです。捷さんに何か償う事はないか、一生懸命考えました。それで、ローカル局ですが、通販の特売員としてテレビに出る事になりました。夜一時頃からの生番組ですが、私が捷さんのためだけに頑張っている姿を見てほしいのです。私には、こんな事しかできませんが、見て頂ければ幸いです。番組表も添えておきます。いつか捷さんに私の償いが届きますように、一生懸命頑張ります。優子より――

捷はスケジュール表を見た。

「三日後か」

捷は、ほとんど夜は十時頃までに床について、五時頃に起きる規則正しい生活を送っている。三日後、目を凝らしながら、優子の出演する番組を見た。優子は元気よく仕事をこなしていた。しかしこんな時間に通販をしているなんて、皆なこの時間、起きているんだなと思った。スケジュール表を見ると二時、三時までテレビの生通販をしている。捷は、こんな時間によく商品が売れるなと、どんな人が買っているんだろう？　と不思議に思った。三十分ぐらい優子の顔を観て、まあ頑張っているんだからまあいいと思ってはいたが、何だか腹立たしい気持ちにもなっていた。

「二十年だぞ優子……俺は怜を育てるために頑張っていた。睦がいなかったらどうなっていたかわからなかったんだぞ」

優子と捷の間の溝は、そんな簡単に埋められるはずはなかった。

しばらくして、捷が道場から帰ってきた時、睦が玄関へ走ってきて、

「捷！　お義母さんが！　お義母さんが！」

と慌てた様子でやってきた。

「どうした？　落ち着け！　睦！」

「お義母さんが、純が生きているって言い出したの！」

「何⁉　今度は母さんか！」

希望　二

捷はすぐ母薫の部屋へ行った。

「母さん、大丈夫か？　兄貴は十五年前に死んだんだぞ」

「わかってる。でもあんたの部屋を掃除してた時に聞こえたんだよ。〝俺は生きている〟って、はっきりと」

「今は声が聞こえるかい？」

「いいえ聞こえない、私どうかしちゃったのね」

捷は、幻聴から始まる認知症だと思い、

「母さん、明日、病院行こうね」

と言った。母薫は抵抗すると思ったが素直に捷に従った。捷は睦に、

「お前も大変だろうが、父の介護をしてくれ。未来も手伝ってだ。俺は母さんの面倒を見る。すまんな……」

「ええ、一大事だもんね、病気なんかしていられないわ」

と言った。これから訪れる長い介護を思うと気が滅入った。すぐに高鍋先生に相談し、道場主を替えてほしいと頼んだ。高鍋先生は、

「そんな事は心配しなくていい。家族が一番だからな。俺の弟子はいっぱいいる。その中からやってくれる人を探すよ」

　後は、来年の試合のエントリーを取りやめる事にした。捷は精神科に行こうと思ったが、物忘れ外来という認知症専門の外来へ母を連れて行った。

「母さん、父さんの介護で疲れてるんだ。ちょっと一週間、入院しようね」

　と言って母薫の検査が始まった。その間、父昇太の介護を担当しているケアマネージャーに相談する事になった。

「これから、大変な事になります。多分一つ一つゆっくりと何もかもできなくなるでしょう。お母様は七十一歳ですから、十五年から二十年のスパンで考えなくてはなりません。今はいいかも知れませんが覚悟をしておいて下さい」

　ケアマネージャーは、「そのために私達の仕事があるのです」と言って、あらゆる介護サービスを提案してきた。

「最後、どうしても手に負えなくなったら、老人ホームも今の内から考えておいて下さい」

　捷は、今の時代、介護サービスが充実しているのを安堵の気持ちで聞いていた。睦は、

「未来がフラフラしているのはよかった。これから未来にも、手伝ってもらうわ」

　と言った。一週間が経ち、捷は病院の先生に結果を聞きに行った。

「う～ん、とりあえず今は大丈夫ですね、脳に異常が見られないし、受け答えもしっかりしています。別段変わった所はありません、ですが、これからおかしいなと思ったら、相談し

て下さい」

と言われ、母は家に戻って父の介護を続けた。捷は注意して母薫を見守っていた。睦にも、

「おかしな事があったら、すぐに言ってくれ」

と言い、正常の生活に戻った。

捷は首を傾げながら、あの幻聴は何だったんだと思い、母のあの日の行動を考えていた。

「母は俺の部屋で幻聴を聴いた。母は掃除をする時に、ほとんどNHKのTVをつけて掃除をする。大体が昼ご飯が終わって、一時か二時ぐらいだ」

この時間に何かあったのだと思い、図書館で一週間前のTV番組表を見てみた。NHKで昼一時三十分から二時にかけて「西成の今」という番組を見つけた。さっそくNHKに電話をした。すると、NHKの社員は、

「あ～あれはよくあるんですよ。大阪の西成の放送をすると、問い合わせが多いんですよ。これで八件目だ」

捷は、

「その番組、再放送の予定はないんですか?」

と聞いた。

「えっと～反響が大きかったので、二週間後の日曜日の夜中二時なんですが、再放送の予定があります。でもガッカリしないで下さいよ、ほとんどが間違いなんですから」

「わかりました。ありがとうございました」

と電話を切った。

捷はとりあえずこの番組を見ようと思った。

「ほとんどが間違いか、誰か似ている人の声でも聞いたんだろ」

と思い、夜中の二時だから予約録画をしておいた。二週間後、気になっていたが、大して期待はしていなかった。それよりもせっかくだから、優子の番組を観ておこうと思い観てみた。初めの頃より流暢にしゃべっていた。慣れたせいか、笑顔も交じえながら楽しそうにやっている。

「元気でやってるな」

と思い安心した。それでNHKにチャンネルを変えて、もう録画もしているし、ウトウトしながら観ていた。すると、

〝捷　俺は生きてるぞ　生きている〟

と兄貴らしい声がした。捷はハッと飛び起きた。

「俺も聴いた！　兄さんの声だ！」

と、もう一度ゆっくり番組を観てみた。番組の最後の方になると、釜ヶ崎の三角公園で、のど自慢大会をやっていた。顔はモザイクで誰かがわからないようにしている。しかし、その男はギターを抱え、歌を唄いだした。たった十数秒だが、

「兄さんだ！　これは間違いない、兄さんだ！」

と、一階へ駆け下り、

「母さん！　睦！　兄さんは生きているぞ！　生きているんだ!!」

と、騒ぎ出した。その声で家族全員が起きてきた。捷は母に抱きつき、

「母さん！　よく見つけたね！　あれは間違いない！　兄貴だ!!　母さんは呆けてないよ、正常だよ!!」

睦は、

「捷まで、どうしたの？」

「睦！　未来！　ちょっと二階へ来てくれ！」

と言って、捷にテレビ番組を見せた。すると睦は、

「純の声によく似ているけど、これだけじゃわからないわ」

「違うんだ！　睦！　これは兄さんのオリジナルの曲なんだ。『ユメガ　ユメガ　ナミニオドル　カジヲトレ』と歌ってるだろ。この詞は兄さんが作ったんだ!!」

捷は、兄純の残したカセットを探し、

「これを聴いてくれ睦！　間違いない!!」

捷は純のカセットを大事に保管していた。

睦は、

「じゃあ、あの骨は？　あの遺骨は誰？」

捷は、

「よし！　ＤＮＡ鑑定だ！　未来！　お父さんは生きているぞ、すぐにわかる!!」

その日、すぐにDNA鑑定の依頼をした。一カ月程かかるという事だった。睦はこの間、純の遺書を探し、やっと見つけた。そこには、

……俺はお前達から姿を消す……


やっぱり、死ぬという言葉は書かれていない。

「純、どういう事？　初めから西成へ行こうと思ってたの？　でもあの遺骨……」

睦はどういう事なのか純を探してみせると思っていた。

捷は高鍋先生にこの事を話し、びっくりされていた。

「そういう事をするような男じゃないはずなんじゃがな……」

と、捷を道場主に復帰させた。しかし、やっと代わりの人を見つけたのに申し訳ないと思い、捷は週に三日だけ稽古をさせてもらった。高鍋先生は、

「一人より二人いた方がいい。又、何かあったら大変じゃからな」

と、道場主は二人になった。と同時に、やはり次の大会へエントリーする事となった。兄純が生きている可能性が高い事で、捷は次の大会への熱が上がった。

一カ月後、鑑定書が笹川家に届いた。捷は、

「誰が開ける？　ここは未来だな」

未来は、恐る恐る封を開いた。一枚目は数字だらけで何が書いてあるかわからない。未来

は最後のページに、

「依頼されていた骨のＤＮＡと、へその緒のＤＮＡは一致しません。だって‼」

捷は、

「やっぱりだ！　未来！　大阪へ行くぞ、睦もな！」

未来は三歳までの記憶しかない。父は写真で見るだけだ。未来はどういう人だろうと記憶のない父へ、私の事がわかるだろうか？　どう思うだろうか？　と、まだ見つかっていない父に緊張していた。

次の日の朝、捷は、

「母さん行ってくるよ、必ず見つけてみせる」

と、母薫と抱き合った。

「父さんと愛を頼むね」

「ああ、行ってらっしゃい」

と、母薫の目は輝いて見えた。

新幹線で新大阪へ行き、ホテルに荷物を置いて、捷と睦と未来、三人は地下鉄御堂筋線で動物園前へ降りた。

「ここが噂に聞く、あいりん地区か」

と、三人は銀座通りを南下した。すると妙に変な臭いがする。前からやってきた男とすれ違う時、強烈な糞の臭いがした。三人はいっせいに振り向いた。なんとその男は、背中から

お尻にかけて糞まみれだった。捷は、

「とんだ洗礼だな。さすが日本一のスラム街だ」

と言ったが、睦と未来は、何かここは異国の街なんじゃないかと嫌な気分になっていた。

また歩くと、今度は何やら壊れた家電製品を集めているある男が、

「俺はこれで金持ちになるんや！」

と老人に話しかけていた。老人は、

「おう、頑張れ！　お前やったらやれるわ」

と言っていた。捷は、ここには、こんな物を商売にするルートがあるのか？　と、訝《いぶか》し気だった。又、ちょっと歩くといきなり、

「お前ら何の用や！　帰れ！」

と、怒鳴られた。三人はビックリして、捷が、

「いや、人を捜しているんです」

と言って、何とかやり過ごした。かなり目つきの悪い中年の男だった。もう未来は、

「いやー！　こんな街！」

と言ったが、何とか西成警察署へたどり着いた。警察署で捜索願を書き、写真を一枚渡した。捷はあいりん地区の様子を署員に聞いてみた。

「ここは、よそではあいりんと言うけど、ここに住んでいる人は、釜ヶ崎って言うんや。皆な、カマって呼ぶ。それに、昼間は大丈夫やけど、夜になったら色んな犯罪に巻き込まれる

で。慣れたらそんな怖い街じゃないんやけど、変な人が多いよ」

と言われた。署を出て、捷は睦と未来に、

「ちょっとお前らは大阪観光していけ。後は俺一人で兄さんを捜すよ、思っていたより女、子供には不似合いな街だな」

未来は思わず、

「ヤッター！」

と叫んだ。睦は、

「こら！　何しに来たの！」

と、未来の頭を小突いた。

二人と別れ、捷は一人でカマを歩いた。三角公園に着くと、

「うわ！　いつか見た昔の映画の様子とまったく変わっていない」

トイレの近くに街頭テレビがあった。

「今頃街頭テレビか？　もう昭和の初期とほんとに変わらないな」

と、次に、兄が唱ったらしき舞台に上がった。

「兄貴はここにいたんだな、まぁーよくこんな所で……」

しばらく、舞台に立っていた。

「これからどうしよう、誰か手伝ってくれる人はいないかな？」

と思った時に、公園の向こうで、タクシーの横で暇そうに、タバコを吸っている人がいた。

タクシーの人なら、この街をよく知っているだろうと思い近寄っていった。

「あのう、ちょっとこの街を知りたいんで、手伝ってくれませんか?」

と、尋ねてみた。その人は、

「う~ん、暇やからいいんやけど、ここの相場は一万円やから、それ以上出してくれるか?」

と、言ってきたので、指を二本上げてみたら、

「もう一つならんか?」

と言われ、

「じゃー三つ」

と言ったら、

「よっしゃ決まりや! 案内したろ。わからん事があったら何でも聞き!」

「僕は笹川と言います。よろしくお願いします」

「俺は木本というんや、よろしくな」

と、三万円を渡した、タクシーに乗り込み、

「まずは、あいりん総合センター行こか? でも、その前にや、笹川はん、あんたジロジロ見られるやろ?」

「あ~ハイ、きつい目で」

「そやろ、その服装や。そんな小奇麗な服着ている人は、この辺におらん。悪い事は言わん、作業員風の服にしてみ。皆んなの見る目が違うで」

「わかりました、じゃあこの辺の作業服の店案内して下さい」

と言って作業服を買い、着ていた服をタクシーに置いた。そしてあいりん総合センターに行った。木本が、

「ここはもう閉鎖されて、二年経つ。まだ取り壊ししてへん。なあ見てみ、趣や哀愁があるやろ？　ここに何万人の人があふれててんで」

捷は、へえ～っと眺めてみた。センターの隣に病院があって、その後ろに、市営住宅がある。結構、広いスペースを使っている。

「ここがもうなくなるのか？　兄さんが多分、利用していた所だ」

と、立ち尽くしていたところ、おじさんが近づいてきて、

「兄ちゃん、仕事あぶれたんか？　まあ頑張りや」

と声をかけられた。木本は、

「なっ、全然違うやろ。フレンドリーやろ。ここはなあ、金持ちと警察が嫌いなんや。酒と自由が大好きなんや。その服装でよかったやろ？」

「ええ、見る目が全然違いますね」

木本は、

「ところで、ここに興味を持ってくれるんはうれしいけど、それだけか？」

「いえ……、実は人を捜してまして……」

「それを、早く言い！」

と言って、近くのコンビニで、写真をコピーして、

「この人を捜しています。似ている人がいればここに電話して下さい」

と、捷の携帯の電話番号を書き、チラシを百枚程作った。木本はタクシーで、新しい総合センターへ行き、二枚、センターの壁に貼らせてもらった。木本は、

「よっしゃ！　後残りはその辺でくばろうか？　でもその前に、笹川はんお腹空かへんか？」

と言った。もう昼の一時半を過ぎていた。捷は、

「あっ、すみません、どこか食べる所はないですか？」

と聞き、木本は、

「笹川はん、おいしくて安い、大阪うどん食べへんか？　おごるで」

「わかりました、行きましょう」

と、通天閣の近くへタクシーで行き、その店へ入った、木本は、

「兄ちゃん！　けつねうどんとおにぎり！　笹川はんも一緒でええな？」

「ハイ」

と言い、数分待ち、食べようとしたところ、木本が、

「まずはな、このアゲを口に含んで、おにぎりを食べて、汁を啜ってうどんを食べる。そのローリングや、やってみ」

捷はその通り食べてみた。食べ終わった後、

「いやーこの出汁がうまいですね」

と言った。しかし、その値段に驚いた。一人三百三十円だった。

「えっ、そんなに安いの？　普通、きつねうどんだけで安くて三百五十円ぐらいするのに、大きなおにぎり二つもついてこの値段？」

　木本は、

「ここ四十年で十円上がっただけやで」

「えっ。」

と、又驚いた。この辺りの経済はどうなっているんだろう。これだったら、お金のない人もやっていける、なんて街だと思った。

　一方、睦と未来はジャンジャン横丁へ来ていた。睦は、

「ここは、若い人もいて、人がいっぱいだわ。ちょっと離れただけでこの変わりよう。天国と地獄みたいね」

　横丁を通り抜けて、通天閣が見える有名な場所へ来た。未来は、

「ママ！　写真！　写真！」

と、通天閣をバックに写真を撮った。そのまま歩いていると、歯の白いイケてるお兄さんに二人は声をかけられた。

「串カツいかがですか？　もうお昼ですよ」

と、誘われ、串カツを食べる事になった。

未来は、

「今のお兄さん、キングアンドプリンスの平野紫耀《しょう》に似てなかった？」

「誰？　それ」

「ラッキーだわ」

と気分を良くし、串カツを三十本ぐらい食《た》いらげた。店を出た後、さっきのお兄さんに未来は、

「写真撮っていいですか？」

と尋ね、写真を撮った。店員さんは笑顔で、

「又、来て下さいね。待ってます。ありがとうございました」

と言われ、二人は気持ち良く通天閣へ向かっていった。通天閣へ着くと、未来は何やら携帯を見ていた。睦は、

「ねえ上る？」

と言ったが、未来は
「いい、行きたい所があるの」

と言い、北の方へ、二人は歩きだした。

「どこ行くの？」

と睦は未来に尋ねた。

「ポン橋とオタクロード。何かここから近いんだって」

「ポン橋って、日本橋の事？」

「うん、この辺の人は皆な、そう言うのよ」

二人は、恵美須町を北に上がった。昔の日本橋は、電器製品やパソコン店などが主流だった。しかし今は、ホテルや妖しいＤＶＤ屋さん、携帯ショップ、食べ物屋さんなどが犇《ひし》めき合っている、未来は、

「この辺を左に曲がるんだよね」

と、携帯のグーグルを見ていた。すると、アニメイトのビルが見えた。

「ここだわ！　オタクロードよ、ママ！」

アニメイト周辺は、若い人で賑うオタクロードになっていた。若い人とメイド服姿の女の子がチラシを配っている。平日なのに、たくさんの若い人が歩き回っていた。時々、昔のスポーツカーや、かっこいい新しい車が通る。オタク文化恐るべし、と睦は思った。へぇーと二人は、アニメイトのビルへ入っていった。未来は楽しそうに、アニメ商品や小物を買おうとしていた。三つ程買って、今度はビルから出て、ウロウロしだした。睦は、

「今度は何？　未来」

と言ったが、未来は黙って、メイド服姿の女の子をジロジロ見だした。その中の一人に未来は話しかけた。美人の女の子だった。

「ねえ、あなた、アイドルオーディション受けた？」

「ええ、でも落ちてばっかりよ、三回ぐらい受けたわ」

「そうよね〜競争激しいよね〜。私も一緒よ〜」

「ねえ、せっかくだから、お茶しない？」

と、チラシを未来に渡した。未来は、

「ねえママ！　喫茶店に寄ろうよ、いいでしょ？」

睦は、

「どうぞ、ご勝手に」

と、二人は、美人の女の子と立ち寄った。未来は上機嫌だった。そこで、ゆっくりしているると携帯が鳴った。捷からだった。

「睦、もうそろそろ帰るぞ、今どこだ？」

「オタクロードと呼ばれている所よ」

「ちょっと変わるぞ……あのうーお世話になってます。タクシーの木本と申します。あのね、そこから西へ歩いていって下さい。そしたら、高架のどんつきにあたりますから、そこを上に行って下さい、その辺に、牛丼屋さんがあるんです。そこをちょっと上に行ったら、大きな交差点があります。なんばシティ南館と書いてあります、そこで合流しましょう」

「わかりました、ありがとうございます」

と言って、電話を切った。睦は未来に、

「もう帰るって、行きましょ」

従業員さんは、

「未来ちゃん、またね～」

と、優しく送り出した。睦は、

「もう仲良くなってる」

若者同士いいわねと思いながら、二人は西へ歩きだした。到着すると、もうすでに捷が待っていた。

「おお、楽しめたか？」

「未来はね。私はただ未来に付き合っただけよ。でも捷、何？　その格好」

「あぁ、郷に入っては郷に従えって事だ。この格好だと、皆んな優しいんだよ」

「へえ～」

タクシーに乗り、捷は木本を紹介した。

「木本洋平さんだ、いやよくしてもらったよ」

睦は、

「ありがとうございます。木本さんはずっと大阪ですか？」

「ええ、大阪生まれ大阪育ちですよ」

捷は、

「あぁ、だから助かったよ」

睦は、

「ところで、明日からどうするの捷？」

「あぁ、お前達はもう横浜に帰っていい。俺は、二週間程いるよ。新大阪のホテルから、あのカマのドヤ街に泊まろうと思う」

「夜、気をつけてよ、あの警察署の人が言ってたように、あまりウロウロしないでね」

「あーわかってる」

しばらくタクシーに乗っていると、何だか未来の様子がおかしい事に睦は気づいた。

「さっきから、ずっと黙ってるけど、大丈夫？　未来」

未来は睦の耳元で、小さな声で、トイレに行きたいと言った。睦は、

「木本さん、ちょっとこの辺、トイレないかしら？」

「あぁーここはビル街だから、公園の便所でいいですか？」

と言った。未来は、

「どこでもいい！　木本さん！」

と訴えかけた。早くしてほしいらしい。

肥後橋の下の靱《うつぼ》公園で車を止め、未来は変な走り方で便所へ向かった。睦は、

「見て、捷、あの走り方、ウフフフ……」

「ああ糞で始まって糞で終わるか。よくできた一日だったよ」

と、三人ともタクシーを降りた。捷と木本が明日の事について話し合っている。睦は、

「ちょっと、散歩してくるわ」

と言って歩きだした。十月の風が心地いい。何やら、金木犀の匂いもする。おしゃれな格好でジョギングしているカップルがいた。横には、優しそうなおじいさん、おばあさんが椅子にちょこんと座っている。辺りを見回した。睦は、「あぁここは、きれいなマンションが立ち並ぶ、都会のオアシスなんだな。私はこんな公園が好きだな」と思い、奥へ進んだ。するとと、バラ園と表示がある。そこへ入ると西日が睦の目を襲った。

「あぁ、眩しい！」

と目を細めた。その時、

「あっ！　あ！　あ！　見つけた!!」

百メートル先でもあなただってわかる。あの歩き方、私が知っている純だ!!　そうだ！きっとそうだ!!

「しかし、何故こんな所で⁉」

睦は、その男を目指して走った。もし、捷がタクシーを使わなかったら？　未来がお腹を壊さなかったら？　もし、今日じゃなくて明日だったら？　いくつもの偶然が、今日、この時じゃないと、もう純は一生見つからないと思わせるのだった。

睦は走りに走った。途中、水遊びをしている男の子を避《よ》け、足を挫いた。睦は靴を脱ぎ走ろうとした。が、

「もし、純じゃなかったら……」

と弱気になった。しかし、

「それでもいい！　あの後ろ姿は忘れられない純だ！」

そう思って、足をひきずりながらも走った。

「何か手に持っている。テニスのラケット？　純がテニス？」

世の中には、似た人が三人はいると言う。そうとしても睦は走らずにいられなかった。その男は外に出て、左へ曲がった。

「あぁ……行ってしまう！」

睦はゼエゼエと息を切らしながら、

「純‼」

と大きな声で叫んだ。しかし、その男は自転車に乗ろうとしていた。

「くそ‼」

と懸命に走って、その男の後ろに飛びついた。

「純‼　待って‼」

第二章

ある男の行方

――十五年前――

ある男は、大阪通天閣の近くの地下映画館で、見るつもりもないポルノ映画をじーっと見つめていた。ただ、この地下映画館は六百円と破格な安さだけで入った。普通、映画館はタバコは厳禁なのだが、皆んなタバコを吸って、暗いながらも煙が蔓延している。従業員のおばちゃんはいつもの事と、タバコの吸いがらをそそくさと集めて掃除している。男の頭の中は、何でここにいるんだ？　俺は死ぬはずじゃなかったのか？　何で生きているんだ？　と、あの時の状況をずっと考えていた。もちろんポルノ映画など頭に入っていない。頭の中は、何故だ？　何故だ？　と、繰り返し繰り返し考え込んでいた。もう死のうという気は起きなかった。それよりも、これからどうするかだけを考えていた。すると一人のおかまが近づいてきて、男の股ぐらを触ってきた。男は、

「俺は、勃たねえよ、あんちゃん」

と言った。

おかまは、

「ほんとやわー、ケッ!!」

と、おかまは席を立ちどこかへ消えた。これが、後に大恩人となる折田信夫《しのぶ》との出会いだった。男は映画館から出て、残り少なくなったお金を見て、

「五千五百円かぁ〜」

と呟《つぶや》いた。すぐ前にパチンコ屋さんがある。勝負しようかと思ったが、真面目な男にそんな勇気はなく、やめにして宿を探した。あいりん総合センターの位置を確認し、その近くの宿に泊まった。男は昨日から寝ていない。大の字になって横になり、とにかく休もうと思った。しかし、眠りに入ると、あの光景が浮かんでくる。電車のブレーキ音とともに、誰かが潰されたグシャッという音。それを思い出し、夢に出てくる。ハッと飛び起き、汗がビッショリだ。服を着替えて、夕食を食べに外へ出た。

「明日、どんな仕事が待っているか？　とりあえず、作業服を買っておこう」

と思い、作業服屋へ行き、それから夕食を食べた。部屋へ戻ったら、変な人が寝ていた。

「あれ？　ここ俺の部屋だよな」

と、部屋番号を確認した。窓口へ行き、知らない人が寝ていると言うと、

「ああ、あの人や、ご免兄ちゃん、隣の部屋で寝てくれるか？」

と、隣の部屋で寝た。しかし、眠気は一向に襲ってこない。ウツラウツラと夜を過ごした。すると、朝の四時半頃だろうか、部屋をノックする音がした。ドアを開けると中年のおじさんがいた。

「ご免、ご免、部屋間違えたわ。隣の部屋で寝てもうた。あのーあれやろ、仕事行くんやろ？

う。

その人は、知念健昭と名乗った。沖縄の人らしい、背は低く、毛が濃い。四十二歳だとい
う。

「自分の名前は？」（※関西方面では相手の事を自分と言う）

と聞かれ、思いついた名前を名乗った。

「大前学です。横浜から来ました」

「おう、よろしくな。俺は知念でいいが、自分は、そうやなぁ賢しこそうやから、ガクさん
でええか？」

「ハイ、よろしくお願いします」

すると知念は、総合センターとは反対側へ歩きだした。ガクが、

「え！　違う方向ですよ」

と言うと、

「ちゃうねん、ロッカー行くねん。そこで服着替えんねん」

ロッカー屋さんに着くと少し待った。知念は、

「俺のロッカーの隣、空いてるから、ガクさんも契約しいや」

「わかりました」

知念はガクの足元を見て、

「靴、どうしたん？」

「これじゃあだめですか？」

「あんなーどんな仕事待ってるかわからへんから、安全靴の方がええで」

「いやーもうお金がないんです」

と言うと、作業服屋へ二人は行き、

「俺と同じ、先芯ブーツ、これがええ。お近づきの印に買おたるわ、その代わり、酒おごってや」

と言い、二人は総合センターへ行った。手配師に知念は、

「新入が来たで、今日は何の仕事や？」

「ちょっとキツイですよ、解体です」

「しゃーないな。中々最近仕事ないしな。ほな二人、頼むわ」

「わかった、車に乗って！」

と言って、神戸まで行った。仕事は、ガラス屑《くず》が降り注ぐ中、解体物を処理する仕事だった。ガクは、これは危ない仕事だなと思いながら、ケガをしないように注意して頑張った。知念とガクは、ヘトヘトになりながらカマへ帰ってきた。ガクは約束どおり、知念と酒を飲みに行った。知念さんは、

「どや、しんどいやろ？　どうせ俺達には、こんな仕事しかないんや」

と、ビールを呷った。ガクも酒はあまり好きではないが、ビールを飲んだら、

「うわーおいしい、生きてるって感じがする！」

肉体労働をすると、こんなに酒がうまいとは、と思った。ガクはその夜、ぐっすりと眠れた。多分、次の仕事もきついだろうと、朝四時半に起き、今度は一人でセンターへ向かった。人夫の仕事だった。ホースでトラックのタイヤを洗った。砂ぼこりがするため、ずっとホースを握っていた。割と楽だった。ちょっと拍子抜けした。知念とロッカーで会い、

「今度は十日続けられる仕事があるそうなんですが、どうでしょう？」

「ああ、あれな。この間、飯場で仕事させられてお金払わず、文句言ったら殺された事件があったんや。だから、ちょっと変やなと思ったら、すぐ逃げるんやで。そんな所ばっかりじゃないけどな、俺は十日も拘束されるのでいややからやれへん。ただな、それするんやったら、飯場のまわりは何も遊ぶ所ないから仕事終わって暇つぶす事考えや」

「わかりました、ちょっと本買い込んで暇つぶします」

「うん、まあ頑張りや。帰ってから詳しい事教えてや」

そうやってガクは、十日拘束の仕事をする事になった。京都の山奥の飯場で人夫をした。しかし、三日程仕事のない日があった。もちろん手当はなかった。ただ、食事をする事だけが楽しみだった。ある意味しんどかった。カマへ帰ってきて、さっそく知念に報告した。知念は、

「そうやろ、精神的にきついやろ、それに仕事のない日でもそこにおらなあかんっていややなぁ」

「でも、又、やってみます、お金がほしいんです」

「おお、頑張れ」

一カ月も経った時、知念やその仲間とも友達になった。

「センターの仕事とは別に、安いけど、簡単な仕事が新今宮付近であるで。楽だったよ」

と、仲間から紹介され、知念と一緒に行った。そんな事は、仲間の間じゃないとわからない。情報や友達は大事だな、とガクは思った。センターの仕事が減っていく中、ありがたい話だった。そうしてガクは、何とか生き延びていた。

十月に入った頃、いい天気が続いた。知念は、

「仕事すんのアホらしいなぁ。ガクさん、ちょっと今度の日曜日、付き合ってや」

と言われ、日曜日の昼過ぎに待ち合わせ、歩いて、阿倍野霊園（市営南霊園）へ行った。

「何をするんですか？　誰かのお参りですか？」

と言った。知念は、

「掃除や」

と言って、お墓を物色し始めた。

「あのな、こんな大きい敷地を全部見るのは大変やから、カラスがいる所を集中的に探すんや。」

「何をですか？」

「食べ物と酒に決まってるやんか」

ガクはしぶしぶ墓を物色し始めた。何でこんな事までしているんだろうかと思った。三十分程物色して、酒五本、ジュース三本、おはぎ四セット、おかし二袋。これぐらいでいいだろうと、知念に渡した。

「おお、ありがとな。このおはぎはいらんから、酒だけもらうわ」

カラスがつついたであろうおはぎは捨てようかと思ったが、知念は、

「こんなん食べても死ねへん。ちょっと近くで休もうか？」

カラスがつついたおはぎを二人で食べながら、知念はガクに、

「なぁガクさん、みじめやと思ってるやろ？　でもなぁ、よう考えてみ。俺らはこの社会の下っ端の下っ端や。それにな、仏さんとか神とかほんとにいるんか？」

「ええ、ニーチェは〝神は死んだ〟と言っています」

「そやろ。それになぁ、なんやこのおはぎ、これぼたもちとちゃうん？　もうな、おはぎ、ぼたもち、いっしょくたんになってるやん。俺は沖縄で、ちゃんと母ちゃんが、春はぼたもち、秋はきなこをまぶしたもちを供えてくれた。俺はそれで、あぁ春やなぁとか、もう秋かってわかんねん。もう今は、皆な形式になってんねん。心がない。俺はそういうの嫌いや。何でも魂の入った物を好むな。だから心の入ってない形式ばった酒やおはぎ、取って何が悪いねん。ゴミになるだけやんけ」

「そう言えばそうですね」

「まあ、何も恥ずかしい事あれへんから、こんなええ天気に、又来よな、ガクさん」

「わかりました」

二人はしばらく、気持ちのいい太陽にさらされ、横になっていた。ウトウトしている時に知念さんが、

「ガクさん、あれやろ、本好きやろ？」

「あぁ、ハイ」

「すぐそこに、阿倍野図書館あるわ、行っといで」

「そうなんですか？　わかりました、行ってきます」

「俺はゆっくり、ひなたぼっこするわ」

ガクは、お菓子とジュースをもらって、図書館へ向かった。

越野ユリア

図書館までの道程で、知念の事を考えた。沖縄には〝いちゃりばちょうでぃ〟という言葉がある。一期一会、人類皆兄弟という教えである。知念は誰彼も分け隔てなく接する。誰か喧嘩があると、

「まぁまぁ、仲良くしようや」

と言って仲裁をするのは決まって知念だ。知念さんといるとホッとする。それは沖縄人独

特の感性じゃないか。そして、沖縄には、沖縄時間というのがあって、皆んな物事を始めるのにゆっくりと進める。今までせかせかと、生きていた自分に、人生そんなに焦って何になると思い知らされた。ただ知念は、酒に飲まれるタイプ。生まれもっての自由人だ。しかし、魅力のある人だなぁと思っていた。

図書館へ入った。ガクはすぐに、この一カ月間の新聞を読み始めた。まず、自分の横浜での電車事故が載ってないか調べた。ある新聞だけに、

――横浜で人身事故、一万人に影響――

とだけ書いていた。多分、俺は重要参考人で指名手配されているだろうと思い、新世界や繁華街は避けておこうと思った。そして、図書館でウロウロしていた帰りに、壁に、スーパージュニアテニス開催というポスターを見つけ、あの自分が死のうと思った時のテニス少女を思い出した。あのまっ黒に日焼けした子、あんな子がこういう大会に出るのか？

ちょっと行こうと思った。横には剣道教室のポスター。剣道も行ってみようか、自分の実力を試してみたいと思い、宿へ帰った。次の日六千円の中古自転車を購入した。これで、どこへでも行けると行動範囲も広くなった。十月十五日からのスーパージュニアテニス大会の日、自転車を漕ぎながら会場へ向かった。到着し、缶コーヒーを飲んでいると、後ろで、

「修造頑張れ！　修造頑張れ！」

と、屈伸している男がいた。後ろを振り向くと、

「えっ！　あの……あの松岡修造？」

ガクは、これは有名な大会か？　とさっそくパンフレットを買った。「世界スーパージュニア大会、グレードA」と書いてある。世界四大大会のジュニア大会に匹敵する大会が、ここ大阪西区靫《うつぼ》テニスコートで開かれていた。毎年この時期に行っているようだ。テニスコートを見ていると、男女問わず皆な、必死の形相でテニスをしている。白熱の試合の数々、この大会に勝てば、将来は約束されていると言ってもいい。この大会の優勝者のほとんどが、四大テニス大会の上位を占めている。ガクはこの大会をじっと見つめていた。

その中で一人だけ、周囲の熱に押されたのか失敗ばかりをしている女子選手が気にかかった。パンフレットを見返すと（越野ユリア、十五歳、愛知ＴＣ）と、書かれていた。

「十五歳かぁ～仕方ないよな」

と、この時は、ただそう思っただけだったが、試合の後、コーチに叱られていた越野ユリアは、人目も憚《はばか》らず、大泣きしていた。

ガクは、

「まだあと二年あるじゃないか、そこまでして泣く事はないじゃないか」

かわいそうだなと、見つめていた。しかし、帰り道、この越野ユリアが印象に残った。

「そうだよな、あの年で世界を目指しているもんな。一試合一試合が大事なんだな」

と、思い直した。来年も見に行こう、どういう風に成長しているか、気がかりだった。自

分の娘も、あんな風に一生懸命な女の子になってほしいなと願った。この頃から、越野ユリアは、自分の娘の尸童《よりまし》として、見届ける事になる。


次の日、スポーツセンターの剣道教室に行った。三十代の人はガクだけだった。皆な、昔、剣道をしていた五十代、六十代だった。相手をしても、弱くて話にならない。そんな教室通いをしていた数日後、杉村耕一先生（三十六歳、教士七段、全国剣道ベスト四、二回、大阪府代表四回、祖父の代から剣道一家の長男）から声をかけられた。

「大前さん、どうも相手不足らしいですね。よかったら、うちの玉出道場へ来てみませんか？若い人がいっぱいいますよ」

「いいんですか？　是非、自分の実力がどんなものか知りたい」

と言って、玉出道場へ通う事となった。

しかし、若い人でも、ガクにはかなわなかった。杉村先生は、

「大前さん、僕が相手しましょう。それに、大会とか出てみませんか？　あなたなら、すぐに優勝しますよ」

ガクは、有名になったら困ると思い、

「いや～僕は、本番に弱いんですよ。今まで負けてばっかりです」

と、嘘をついた。

「わかりました。じゃあ僕と一緒に、若い人を教えてもらえませんか？」

と言われ、

「僕にできる事があれば、お手伝いさせて頂きます」

ガクは、自分はやはり強くなっていたんだと思った。相手の動きが、手に取るようにわかるまでになっていた。

知念学

十二月に入り、仕事が減ってきていた。皆んな、今までの稼ぎで冬を越していた。そんな中、知念にある場所へ案内された。四角公園の隅に、その家はあった。

「俺は二年ぐらい前から、ここで暮らしてるんや。たまにカマの宿へ行くけど、自分はシェルターへ行き！　今まで貯めたお金を大事にしいや。俺は、シェルターには門限があるから行きたくないんや。ここには、炊き出しがある。それに〝善意の毛布〟が配られる。それでなんとか凌《しの》げる。またなあ、アルミ缶集めてこの冬を越すんや。ガクさん、俺はここにいてるから遊びにこいや」

「お風呂はどうしてるんですか？」

「あんた知らんけどな、ここ西成は、お風呂屋さんが多いんや。だからちゃんと清潔にしてんで」

「そうですか。じゃあたまに遊びに来ますね」

「おお」

知念は酒が好きだから、たまに酒を持っていった。知念といると酒がおいしい。バカ話や、真面目な話、世間の事などを話し合っていると、今まで自分が思っていた価値観が、

「ああ、外から見れば、こういう風に見えるのか」

と、思えた。知念は知念なりに、世間を見ていた。それに納得のいく話が多かった。知念がよく言うのは、

「何事も、疑う事から始めや、それからや。賢い人の話は絶対やないで。違うと思たら、すぐ反撃しいや」

知念のように物事を多角的に見る。すると、何かが見えてくると言うのだ、今まで、TV、新聞、雑誌などを読み聞きしていたが、一方的情報をそのまま鵜呑みにしていた。そうではなく、自分の価値観で読み解くようにしようと思った。

酒をちびちび飲んで、空を見上げた。こんな都会でも星が見える。冬の空の星は、特にきれいだ。ガクは、

「俺はこれでいい、この生活のままずっといたい」

と、空を見上げ呟いた。

年末になった二十八日、ガクはホルモンを買って、知念と飲もうと思っていた。しかし、

知念はいなかった。

十二月二十八日、もう今日が店じまいという事で、知念健昭は大正区平尾に来ていた。カマからバスで二十数分ぐらいだ。懐かしい沖縄が垣間見られるという事で、平尾商店街をウロウロしていた。

「どうも、どこも閉まってきてるなぁー」

と、知念は思い、沖縄物産店へ行った。ここは、相変わらず開いている。コンビーフハッシュ（コンビーフとじゃがいもが入っている）を買った。これは、すごく酒に合う。昔から売られていた。レジに行くと、若い人が応対してくれた。

「自分、この店、継ぐの？」

「うん、皆んなもう、おじいちゃんおばあちゃんになっていて、でもここを愛してくれて。それに、若い人も、お客さん増えてきてるんだ」

「ふ～ん、頑張りや、来年、又、来るわ」

「ハイ、待ってます、ありがとうございました」

と言われ、今度は、商店街の回りを、うろついた。古い家はあるにはあるが、ほとんど取り壊されて、新しい家が立ち並んでいた。

「もう、昔とだいぶ変わってきたな。まあ、そういうもんやろ」

変わりゆく町並が、沖縄への思いと重なり、

「俺の実家も変わってるやろな」

と、郷愁に浸っていた。

知念健昭は、母一人、子二人、父は他界の三人家族だった。健昭は高校を出てすぐに神戸のアパレル会社へ就職。二十八歳で結婚、一児をもうける。男の子だ。そして独立し、これからという時に、阪神・淡路大震災にあう。妻や子の安否を確認し、釜ヶ崎へ一人逃げてきた。妻や子供に悪いと思ったが、もう食わせてあげられないし、借金もあった。それから、来年で十年になる。

「いやー時間が過ぎるの、早いなぁー」

と思っていた。そうしている内にお腹が空いてきたので、三年前に見つけた沖縄料理ピコへ行った。

「よう、今日が店じまいやな。沖縄そば一つ頂戴」

「いらっしゃい。あんた〝すばじょうぐう〟（沖縄そば大好き）やな」

「へへ、色んな平尾の店行ってるけど、ここの沖縄そばが一番やわ。地元の味と似てるし安いわ」

「ありがとな。わたしらも、昔からの沖縄の味、残そうなって言って頑張ってた。そう言われるとやっぱりうれしいわ。わかる人にはわかるんやな」

食べ終わって帰ろうとした時、店主が、

「知念さん、もう今年最後やから、この余ったゴーヤーあげるわ。持って帰り」

「ええんか？　ありがとうな。又、来年、来るわ」

「ええお年を」

と言われ、普通はそのままカマへ帰っていた。しかし、この時は、ここへ来て十年になろうとしているし、実家へ連絡しようかと考えた。公衆電話を探し、かけようとすると、手が止まった。

「今さら、電話しても……」

と思ったが、しかし、無下にされようが、勇気をふりしぼり電話した。

「ハイ、知念です」

兄《にい》にいが出た。

「あのう……俺……俺……健昭」

「なに⁉　健昭？　あぎじゃびよーでーじえっさ！　おいアンマー（え？　大変だ、お母さん）！　健昭や、健昭生きてたよ！」

母に変わり、

「健昭か？　ほんとに健昭か？」

「うん」

母は涙を流し、

「お前は、あの地震で死んだと思っとった。あのなあ、里子さんと昭平は、お前が死んだと思って、違う人の所へ嫁いだよ。もう今は、連絡先もわからん。ただ、お前の借金は里子さんの実家とうちで何とかなったよ。だから、もうお前は沖縄へ帰ってこい！」

「ええんか母ちゃん……こんな俺で……」

「お前は、沖縄帰ってきて一から頑張れ。な、そうしろ……ちょっと健太と変わるで」

「健昭！　お前もな不運じゃったやろうが、もう何も心配せんでええ。アンマーも最近、畑に行くのがつらいと言ってな。仕方ない、もう歳や。お前沖縄帰ってきて、畑手伝って、それから、お前の好きな商売始めろ。そうしろ、な？　わかったか？」

「うん、兄にい……ご免な。あの地震がなかったら、今頃は……今頃は……兄にい……俺沖縄帰る……お金貯めて帰る」

「うん、待っとるで」

　と電話を切った。知念健昭は涙を溜め、

「もっと……もっと早く電話しとったらよかったのに……」

　と、悔やんだ。もう妻の里子と息子の昭平に会えなくなったのはつらかった。知念は、やけくそになって近くの酒屋で日本酒を買って呷った。一杯が二杯になり、気持ち良くなってきた。平尾公園で、ゴーヤーとコンビーフハッシュをアテに一人宴会を始めた。大きな声で、

「沖縄帰るぞ～一から出直しや！　ハハハハハハハッ！」

　と、どんどん酒を飲んだ、気持よくなって、そのまま寝込んだ。

　その頃、釜ヶ崎では、越冬闘争と言って、野宿者を死なせないと見廻りを続けていた。

　しかし、ここ大正区では、そういった活動はない。そもそも野宿する者など誰一人いない

からだ。年末寒波がやってきていて、今夜もとても冷え込んだ。

知念健昭は、あくる日、遺体となって発見された。しかし、彼の死は悲しむべき事だと言えない。ほとんどの人が、苦しみ、のたうち回り、人生に失望して死ぬ者が大半で、知念健昭の場合、夢や希望を持ってこの世を去ったまれな死に方であるからだ。これは、彼の寿命だったのかも知れない。遺体の顔は、笑みさえ浮かべていた。

ガクは、

「どうしたんだ？　知念さん……」

と、シェルターでじっと冬が過ぎるのを待った。ちょくちょく知念の宿へ行くが、やっぱりいない。

年が変わり、一月の真ん中辺りで仕事が出始めた。面白くないなぁと思いながら、ガクは仕事を始めた。二月に入りロッカーで着替えていたら、隣の知念のロッカーを主人が整理し始めた。

「ちょっと、ちょっと、ここは知念さんのロッカーじゃないか！」

主人は、

「いや、期限が過ぎたのでなあ。うちも商売でやっとるんや。まぁ連絡があったら、一〜二年置いとくけど、連絡もなんもないんでなぁ」

「捨てるんですか？」

「うん、一、二カ月置いとくけど、それまでに連絡があったらええけどな。まあそういう事やから、堪忍してや」

と、ロッカーは空になった。ガクに負の連鎖が起こり始めた。知念健昭のいない仲間の間にもだ。ある時、皆んなで酒のお金を出し合って管理していた仲間の一人が、飛田遊廓で使っていた事がばれ、仲間に半殺しの目に遭った。その場にいたガクは、

「お金を返すと言ってんだから、そんなに怒らなくても」

と言ったが、もうその男は、仲間に入れてもらえなくなった。ガクも仲間から出ようと思ったが、やはり色んな情報が頼りだ。しかし、もう仲間の間に距離を置いて、情報だけを聞くようにした。ガクは、

「知念さんがいたならなぁー。うまく処理してくれたのに……」

と思った。少し時間が過ぎた頃、ロッカーで仲間から、

「あのなぁ、知念さん死んだみたいやで」

「ええ!?」

「まあ、そんな驚かんでええ、ここはそういう所やから。色んな人が入ってきては消え、また入ってくる、そういう所や」

ガクは、落ち込んだ。うすうすわかってはいたが、やっぱりかと思った。

もう何もかもが面白くなくなっていった。仕事をするにも、身が入らなくなった。知念とはたった四カ月ぐらいなのに、生きる知恵を与えてくれた。それにいい人だった。楽しい人

だった。ガクは宿で考え込んでいた。

「俺がここへ来てから、六カ月……妻や実家はどうなっているんだろう？　ここで、やっと居場所を見つけたというのに……」

ガクは公衆電話を見つけ、妻へ、声色を使って電話をかけてみた。自分の母が出た。

「あのう、××さんはいらっしゃいますか？」

と言うと、

「いや、あの子は電車事故で死んだんです」

「あっそうですか、ご愁傷様です」

と言って電話を切った。

「ええっ！　何故、母さんが俺の家にいるんだ？　それに……俺は……俺は……死んでいる？」

どうなっているんだと思い、今まで警察を避けていた。繁華街にも行かなかった。全て無駄だった。ガクは膝から崩れ落ち、

「ならば！　ならば！　本当に死んでやる！　もう世の中面白くない」

又、死を選ぶようになった。


ガクは新今宮の駅にいた。電車に飛び込もうとしていた。しかし……足が動かない。しばらくじっとしていると冷汗が出てきた。ガクは、もう死ねなかった。

「ならば！　ならば！　食べ物を拒否して死んでやる！」

と思い、初めて新世界へ行き、ウロウロした後、通天閣の近くのマンションの屋上で、今まで貯めていた数十万円を放り投げた。

「こんなもの、こんなもの、持っていたって何になる！」

と言って、色々、又、歩き回った。もちろん何も口にしなかった。三日間はつらかった。しかし、それ以降は不思議と、何も食べたくなかった。水も飲まなかったが、雨が体を、潤していた。一週間ちょっと経って、じっとしていたら、警察官が来て、

「おっちゃん！　物乞いなら梅田行けよ！　じゃまやなぁー」

と、つれない、言い方をして去っていった。

「くっそーやっぱり人間として見ていない。世の中、そういうもんだ」

と、開き直っていた。もう頭の中は、知念の事でいっぱいになっていた。

「あなたが、あなたがいたから楽しかったんだ。何故だ！　何故死んだ！」

それから五日過ぎた時、いよいよ意識も薄れてきた。

「あ〜もうそろそろだな」

と、覚悟して、ガクは動かなくなっていた。


その頃、近くで、折田信夫《しのぶ》が、妹、幸子と占いの商売をしていた。

「幸子！　あんたサクラなんやから、ここで泣く演技見せろ！　ほんだら皆んな、寄ってくる」

「なんや！　兄ちゃん、そんなんしたって一緒やわ。それにそんな演技できへん！」

「ほんま役立たずやな」

「なんや、おかま、おかま！」

「なんやって！　ニューハーフって言い、これでも乙女なんやからな」

「ちょっとそれよりも、兄ちゃん、あの物乞い気になれへん？」

「ああ、あんなんほっとき！　目ざわりや！」


ガクはもう限界だった。もう何も感じられなかった。しかし、頭の中に、越野ユリアのあの大泣きしている姿が、最後に見えた。

越野ユリアが、

「おじちゃん！　死なないで！」

と言う声を、確かに聞いた。すると、目を見開き、一直線に近くのコンビニへ入った。パンとおにぎりをその場で食べた。恐らく、意思とは反対に、体の一つ一つの細胞が、越野ユリアの幻聴をきっかけに、意思となって、食に走らせたのだろう、気がつくと、

「あっ……食べた」

と思った時、店主が、

「何してんねん！　この物乞い！　金持ってんのか！」

と、ガクを店外へ引きずり出した。

それを一部始終見ていた折田信夫は、店へ駆けより、

「なんぼや、兄ちゃん」

店主は、怒った顔で、

「二百五十円！」

と言った。折田信夫は、

「ほら二百五十円。あのなぁ、それと水頂戴」

店主は、ペットボトルを渡した。折田信夫はガクに向かって、

「ホラ水！　あんた名前は？」

ガクは、知念の事をずっと思っていたので、

「知念学、みんなにガクさんって呼ばれてた」

折田信夫は、ある男に電話した。

「あ〜秀《ひで》ちゃんか？　ちょっと男拾ったんでお風呂連れていってくれるか？」

「なんや又か。今度は大丈夫な奴か？　変な奴ちゃうやろな」

「う〜ん、わからへん。とりあえず服一式持ってきて！　今、通天閣の下におるわ」

「わかった、ほんましゃーないな」

と電話を切り、ガクに、

「あんた、私が買ったからな。しっかり働くんやで」

と言った。しばらくすると秀（木下秀和、三十五歳、酒屋の店主、妻が一人、子供はいな

い、折田信夫のスナック「忍」の常連）が来た。

「シノブッチ！　来たで、こいつか？」

ガクの服を脱がせ、新しい服を着せ、近くのラジウム温泉へ連れていった。

「この汚ない服いらんやろ？　放《ほか》すで」

「あぁ、ハイ」

ラジウム温泉に入り、秀は、

「まあ、昼のお風呂もええもんや。ホラ、ヒゲ剃り持ってきたで。その汚ないヒゲ剃り！」

と言い、ガクは言われるがままにした。もう何も考える事はなかった。ただ、またしても死ねなかったと、自分の弱さに情けない男だと思っていた。秀は、

「あんた、ガクさん、言ったな」

「あ、ハイ」

「まぁ、この後、夜になったら気いつけろよ。シノブッチはおかまやから襲われんで。覚悟しいや」

「え？　ああ……ハイ」

その後、折田信夫の家へ行った。そこは鶴見橋商店街のすぐ近くの、スナック兼住居だった。

「ここは鶴見橋って言うけど、皆んな〝つるん橋〟って言うんや、覚えとき。それに、あんた関東もんやろ。ここにいるんやったら大阪弁、勉強しいや。今でも関東弁嫌いな人いっぱ

い、おるからな」

　ガクは、

「あのう折田さん、ご飯食べさせてもらえませんか？　なにしろ、二週間ぐらい何も食べてないんで」

「わかったわ。でも、ご飯とみそ汁ぐらいしかないで、ええか？」

「ハイ」

　ガクは、ガツガツ食べ出した。

「ホラ、キムチもあるわ。ほれ、食べ」

「ありがとうございます」

　折田信夫は、かわいいなと思って、見つめていた。夜が楽しみだった。食べ終わると、

「よし、じゃあゆっくりしとき。五時三十分頃からスナック始めるから。あんた、バーテンとして店に下りてきて」

「わかりました」

　ガクは、二階の居間で、

「あ～、これからどうしよう。折田さんに助けられなかったら、どうなっていたんだろう。知念さん、又、生き延びたよ。あなたがいないのはつらいが、俺はこれから、あなたを忘れないために、知念学として生きていくよ。仕方ない、もうどうにでもなれだ」

　と、たった四カ月だが、知念健昭といた充実した生活を思い出していた。

五時半が来て、見よう見真似で店を手伝った。店を終えた後、食事を取って、寝ようとした。

やはり、折田信夫は狙っていた。ここぞとばかりに、ガクの股ぐらを触ってきた。

「折田さん、俺は勃たないいんだ」

「う～ん、ほんまや……えっあんたどっかで私と会えへんかった？　この光景、覚えてるわ！」

ガクは、

「あっそうだ！　あの時の！　折田さん、テンガロンハットかぶって、地下映画館、六カ月前に行かなかった？」

「あっ！　あの時の兄ちゃんか！　なんや、私達もう知ってる仲やん」

二人は笑った。「なんや～」と。

折田信夫は、

「なあ、あんた私を折田さんって言うやろ？　なんか他人行儀でいややから、これからは、シノブッチと呼んで」

「僕も、ガクさんでいいですよ」

それから、シノブッチは身の上話をし始めた。

「私、こんなんやろ、中学の時から目覚めてん、私は女なんやと。それで、高校出てから家飛び出して、梅田のお水の世界入ってん。それでお金貯めて、ここ見つけて買ってん。ここら辺は、私みたいなオネエが多いねん。だから、ココやと思って、そんな子達の悩みとか聞いてあげるために、スナック始めて、今に至るっていう事や。それに妹、幸子知ってるやろ？」

「ああ、あのかわいいお姉さん」

「あの子がな、私のやってる事、見張ってるねん。お父ちゃんお母ちゃんに、そのつど、つげ口してんねん」

「お父さん、お母さん、心配しているんですよ。それに、幸子さん、いい人じゃないですか」

「そうか……ところであんたはどうやねん？」

「僕は、横浜から流れてきて、日雇い労働していたんだ。でも、慕っていた人が死んで、ヤケになって、食べ物取らなくて、餓死する道を選んだんだ。そこでシノブッチが助けてくれて……」

「そうか……」

と、話した時に、いきなりシノブッチが接吻をしてきた。接吻というより、口を全部吸い取られた感じがした。

「わかったわ、もう寝よ。明日もよろしくなガクさん」

それから、ガクは安定した生活をするようになった。

越野ユリア　二

ガクは、精神疾患やアルコール依存症の多いお客さんのために、青空市場で薬を安く手に入れていた。それを見ていたシノブッチは、

「なんやガクさん、医者の真似して。そんなんせんでええねんで、ヤブさん」

と、おどけて見せた。この頃から、シノブッチは、ガクさんをヤブと呼ぶようになった。

それから、数カ月が経ち、待ちに待った十月が来た。あの世界スーパージュニア大会の月。

そわそわしているガクに、シノブッチは、

「どうしたん？」

「いや、テニス大会見に行こうと思って」

「なんや、テニスか、興味ないわ」

と言ったので、

「あのさぁー、松岡修造に、間近に会えるよ」

「何？　今なんて言った！　松岡修造？　あのテニスの王子様？　そのテニス大会、ほんまに来るの？」

「ああ」

「じゃー行く！　サイン色紙買ってこよう。あの憧れの修造！　私の修造！」

と、オネエの間では、手に届かない憧れの人だった。

越野ユリアが気にかかっていたガクは、シノブッチと見に行く事になった。越野ユリアは、前年と違って、逞しくなっていた。おそらくこの一年、死に物狂いで頑張ってきたのだろう。一回り大きく見えた。迫力ある熱戦をして、あれよあれよと勝ち進み、ベスト4まで頑張った。ガクは手を叩いて喜んだ。

「やればできるじゃないかユリア！　でもあともう少しだ」

越野ユリアは笑顔で握手してくれた。いい笑顔だった。ガクは、気持ちよくシノブッチと家路へ向かった。シノブッチは、

「ヤッター！　見てこの色紙、シノブさんへ、やて、店に飾ろう！　めっちゃ背が高くてかっこよかったわ、ありがとうガクさん！　又来年も行こな」

「ああ来年も楽しみだ……ウフフフ……」

苦しみ抜いてきたガクは、生きていればいい事あるなと思い、上機嫌で、シノブッチと酒を飲み、笑いが止まらなかった。


ある時、店に常連の秀が来ていた。

「又負けたわパチンコ。今度は競馬で何とかしたる！」

と言っていたが、ガクは、

「なぁー秀ちゃん、もうバクチやめとき。いくら突っ込んでも勝てへんって！　それよりもなんか、こう、高尚な事ないんか？」

「俺はアホやから、こんな事で人生楽しんでんねや。皆んな世間も一緒や、負けるとわかって勝負する、それが男やないか！　えっ、ガクさん！」

「でも、大丈夫か？　嫁はん」

「あぁ悪いと思っとる。子供がおったら、こんな事やってなかったかも知れんな」

そこへ、オネエの雪子が店に入ってきた。

「なあシノブッチ、今日は酒やめとくわ。なんか酒飲み過ぎて、体しんどいねん。オレンジジュース頂戴」

ガクは異変に気づき、雪子のそばへ寄り、顔色を見て、

「ちょっと力、抜いてくれへんか？」

と言って、肝臓の辺りを手でギュッと摑んだ。

「なにすんの！　これでも乙女やで！」

どうも肝臓に腫れはないと見て、脈拍を測り、目を見て、心臓の辺りを手で確認した。

「シノブッチ！　救急車呼んでくれ！　早く！」

ガクの迫力に押されたのか、

「ハイ！」

と、一一九番に電話した。救急車が到着し、ガクは、

「店はええからシノブッチ一緒に行き！　それに心臓辺りを中心に、精密検査するように隊員に話してくれ！」

「わかったわ」

と言って、雪子とシノブッチは病院へ行った。次の日、朝早くに帰ってきたシノブッチは、

「ようわかったな、ヤブ。あの子今日、心臓手術や。私も疲れたわ。ちょっと眠るわ」

と言って、いびきをかいて眠っていた。


四カ月が過ぎた頃、雪子が店にやってきた。ガクを見つけ、

「あんた！　命の恩人や、ありがとう！」

と言ってキスをした。これも口を全部吸いとられるようなキスだった。ガクは、オネエと呼ばれる人は、皆んなこんな接吻をするのかと、わかったようになった。それに、

「これ、プレゼント！」

と言って、ドイツ製の聴診器をくれた。

「こんなもの、どこで手に入れたんや？」

すかさず、シノブッチは、

「ここには、お金を出せば何でも手に入るようになってんねん」

「ほんまか」

と言った。そういう事があり、ガクは、鼻高々に仕事をしていた。

また数カ月が経ち、待ちに待った十月が来た。ガクはシノブッチに、

「なあシノブッチ、ちょっと悪い知らせがあるんや」

「何やの？」

「あのなあ、もう松岡修造、来《け》えへんねって。なんか、全日本ジュニアコーチに一任するやって」

「何やて！　楽しみにしてたのに！　ほんならもう行けへんわ、なんや〜」

と、シノブッチはガックリした。

「でもなー、純粋にテニスを楽しむって、でけへんか？」

「いやや！　松岡修造あってのテニスや、だから、もう行かへん」

「じゃあ、俺一人で行くわ」

と、ガクは、一人自転車を漕ぎ、靫公園へ行った。

去年と同様、越野ユリアは頑張った。白熱の試合で、ベスト4まで行った。しかし、やはりこの壁は厚かった。今度は、あと少しで勝てたはずだった。しかし、ダブルスで決勝までいった。ガクは、やったな、あと一つ勝てばいい、と翌日の試合を楽しみに帰った。

次の日、昼二時過ぎの試合だったので、靫公園をウロついて、公園の大きさに驚いていた。

「へェー、この公園は、横に長くなっているんだ」

と、ゆっくり散歩していた。時間がきて試合が始まった。六—三で一セットを取った。

「よし！　いけるぞ！　いけるぞ！」

と思ったが、二セット目、相手のレシーブが決まった時、もう安心していたのだろうか？余裕を出して、相手に向かってラケットで拍手した。これを見て、ガクは怒った。

「何を余裕かましてるんだ！　相手も決勝まできた強者だぞ！　そんな事じゃ負けるぞ！」

と思い、二セット目途中で席を立ち、試合を見なかった。ガクはロビーで、いらいらしてコーヒーを飲んでいた。一時間半過ぎたところで、ロビーに大泣きした越野ユリアが来た。やはり、負けたらしい。今度は母親と一緒だった。お母さんは、

「ねえ、ユリア、もうテニスやめる？」

ユリアは、

「いや！　まだやれる、お母さんに遠征費やコーチ代、払ってもらったけど、高校出て、実業団に入る。いつかプロになってみせる！」

「それはいいけど、女の子なんだから、ボーイフレンドの一人や二人、作ってもいいのよ」

「男なんていらない！　私はテニスが恋人なの！」

ガクは、耳をダンボにして聞いていた。ガクは、

「その意気だ！　俺はずっとこの子を応援しよう」

と思った。

その後、ユリアは実業団に入り、テニスに打ち込んだ。ガクは、神戸や大阪の吹田、名古屋など、ユリアの試合を観戦するようになる。東京でも試合があるのだが、関東方面へは足を運ばなかった。しかし、ユリアは、全日本でも、優勝はできなかった。いつも二位止まり

だった。ネットでユリアのインスタをチェックしていたが、ある時、パッと途絶えた。更新される事はなかった。ガクは、

「ああ、やめたのか」

と、ガックリした。

優子の接近

時が過ぎ、ガクは、ある事で悩んでいた。もうここへ来て十年になるのに、あそこが勃った事がなかった。それは、いつもおじさん相手に商売をしていたためかと思い、西成で安い、あるビデオ試写室へ向かった。多分、刺激がなかったためだと、ＤＶＤを二本見てあそこの様子を窺った。勃つには勃った。手を添えて発射しようと試みるが、途中で頭の中で、

「何やってんだ！　俺」

と、だんだん冷めてきた。もういいやと試写室を出た。

その頃、ちょうどいい時に、秀がパチンコに大勝ちした。二十三連チャンを出し、九万近く儲けたらしい。秀が、

「やったぞ、ガクさん！　大儲けや、なんかほしいもんがあるか？　おごるで」

と言われたので、ガクは小さな声で、

「あのなぁー秀ちゃん、俺ここへ来て、チンポが勃った事がないんや。だから一人で行くのはなんやから、一緒に飛田遊廓、連れていってくれへんやろか？　もちろんシノブッチには、内緒やで」

と、秀の耳元で囁《ささや》いた。

「ほんまか！　それはアカン！　よっしゃ、明日連れていったろ！」

という事になった。

ガクと秀は飛田へ行った。ガクは勃つのかな？　と思いながらも、誰でもいいやと思い、顔を見ずに遊廓へ入った。

「いらっしゃいお客さん、いい子いるよ」

とおばさんが言い、現れたのは、目鼻だちのキリッとした美人だった、大体二十八歳ぐらいだろうか？

「どうも、まあ二階へ行きましょ」

ガクは、勇気をもって二階へ上がった。

美人の女は、そそくさと脱ぎ始めた。

「あれっお客さん、脱がないの？」

「なんか、こう、ちょっと話ししてから、そういう事、せえへんか？」

女は、おかしな人ねと思いながらも、服を直した。

「お姉さん、どこの出身？」

女は、自分の事を話したくはなかった。

しかし、それぐらいいいかと思った。

「横浜なの」

「えっ！　横浜？　横浜のどこ？」

「金沢文庫……」

「えっ、ははっ都会じゃん。俺、旭区！」

「ええっ！　お兄さん大阪の人じゃなかったの？」

「ああ、色々あってここに住みついたんだ。ここへ来て、初めて横浜出身の人に会ったよ。何か奇遇だね」

その女は、一気に気を許し始めた。そこでガクは唱い始めた。

「わが日の本は島国よ〜♪　あさひが輝ようみに〜♫」

女も唱った。

「通りそばだつ島々なれば〜♪　あらゆる国より舟こそ通へ〜♫」

「ハハ、懐しい！　ほんとに横浜出身なのね、嘘だと思ったわ」

二人は、これまでの話をし始めた。

「俺さぁー色々あって、ここに住みついてもう十年ぐらいなるのかな？　でも娘の事ずーっと思ってんだ、忘れられない。でも帰れないいんだ」

色々あるよと、女は話しかけた。

「ああ私もよ、息子がいるの。もう十五歳になるわ。私も横浜へ帰れないの。バカな夢見たわ。私ねーアメリカへ渡って女優になるつもりで頑張ったの。でもネ、アメリカンドリームって難しいもんだなぁーって。私みたいな女って、もう切りがないほど、いっぱいいるのネ。アメリカっていうと、全世界から人が夢見てやって来るの。それは、ほんとに、狭い門だなって。アルバイトしながら頑張ってみたんだけど、生きていくだけで精一杯だった。もうイイヤッて思って、日本へ帰ってきたの」

「へえ～こんなにきれいな人がアメリカでは通用しないって、すごい世界だね、あれ？　君、十五歳の息子？　三十歳前だと思ってたら結構いってるんだな……ああ～ゴメンゴメン、女の人に歳を聞いたら怒るよね」

「いいのよ、皆んなに言われるの、結構いってますよ」

ハハハハッハハと、二人は笑った。

ガクは、又来るっと言い、お金を出した。女は、何もしてないのに受けとる理由《わけ》にはいかないと言い、あれやこれやとガクと揉めて、半額だけ、手渡した。女の名は、優子と名乗った。

三日経ち、ガクは、優子の事で頭がいっぱいになっていた。

「あの人なら、もしかして勃つかも知れない」

自分の下半身がムズムズするのを感じた。しかし、シノブッチに、お金を借りるわけにはいかず、久しぶりに日雇いの仕事をし始めた。シノブッチは、そんなガクを見て、

「あなた、何かあったの？」

と訝しげだったが、夢中になっていた旅役者に思いを馳せていた。

十日が過ぎ、秀とガクは、又、飛田遊廓へ行った。ガクは、

「優子さん、お願いします」

と言ったが、おばさんは、

「ああ、あの子五日前に辞めたんよ。それよりも、いい子おるで」

ガクはガッカリしたが、新しい女の人を紹介され、仕方なく店へ入った。しかし、どんな美人でも、ガクは男を果たせなかった。逃げるように店を出て、秀とシノブッチの店で落ち合った。秀が、

「どうやった？　ガクさん」

と、聞いたが、ガクは、

「あかん、目当ての優子さん、辞めとった」

「それで、できたんか？」

「あかんかった……もうええわ、すまんな秀ちゃん」

秀は、

「あれやな、ガクさんは、あそこに理性があるねんな。心を許した相手でないとできない体質なんやな。生真面目過ぎるんや」

「そうなのか……」

と、秀と酒を飲んで気を紛らわせた。すると秀は、

「そうそう、ちょっとこれ聴いてくれ。シノブッチにも聴かそうと思ってCD持ってきたんや。このシンゴ西成って、西成に極地的に人気あんねん。ラップやけど、ええで」

と、CDカセットに入れて聴いた。ラップなんて若い人向けの音楽だと思っていたが、詩が心に響いた。特に、「心とフトコロが寒い時こそ胸を張れ」が気に入った。

「秀ちゃん、何でこんなええ歌が全国的に広まらんのかな。音楽業界って不思議やな」

「ほんまや」

と、ガクはちょっと元気をもらえた。

しかし、もっと元気をもらえた事がガクに起こった。ネットを検索していたところ、あの越野ユリアがインスタを更新していた。


——優勝しちゃいました——


テニスを止めたと思っていたのに、ユリアはこの間、海外で武者修行をしていたのだった。イタリア国際テニス大会に優勝した事もあって、この後ユリアは、コーチ兼選手として活躍していくのである。ガクはうれし涙を流し、

「ヤッタ！　ヤッタ！　ヤッタ！」

と、大喜びした。

青い目の剣士

オレは、ビッシュボーダラン、皆んなボブと呼ぶ。オレはこの町がスキダ。日本一のスラム街がオレニハ、アウ。オレから見たら、へんな人もいるが、皆イイヒトばっかり。ニホンジンは、ホント、ヤサシイネと思う。

ボブは、アメリカのスラムで生まれ、これまで辛酸を嘗めてきた。黒人という事もあって差別は、就職にも影響を与えた。思いきってアメリカを飛び出し、憧れだった日本にやってきた。ボブは日雇い労働をしていたが、体も大きく、力持ちのため、すぐに正社員になれた。これで労働ビザが下りて、ボブは西成の街を闊歩していた。悪い奴はいないか監視して歩いていた。外国人が住みついているぞと、警察の間では有名だった。

ある時、同じアメリカ出身の白人、留学生の、テッド・ハイバーグ二十歳と、ジーン・マクリー二十歳が、若い女の子にちょっかいを出し、次々とホテルに誘っていた。ボブは、二人に、

「ソンナコトしちゃ、イケナイネー」

と、注意していたが、

「オレタチはワルクナイ。東洋人と仲良くなって、ナニがワルイ?」

と、反論してきた。ハイバーグもマクリーも元々、日本が好きなのだ。だから留学してきたのだった。ボブは頭を抱えて、これではいけないと思い、西成警察署に相談に行った。

「ナニカ、ニホンの美を伝えるものが、アリマセンカ?」

と言った。警察官は、

「君が有名なボブだね。君みたいな、いい外国人が来てくれてうれしいよ。日本の美か?柔道とか空手とかあるが、ここはそれを教える所がないな」

それを聞いた警察官の一人が、

「剣道はどうでしょう。僕は玉出道場で、剣道を習ってます。ちょっと杉村先生に電話しましょうか?」

と言った。ボブは、

「ケンドウ? アア、イイネ、イイネ」

警察官の人が杉村先生に電話をした。

「ボブ! OKが出たよ、道を教えるよ」

「アリガトウゴザイマス」

とボブは、ハイバーグとマクリーを連れて玉出道場へ向かった。そこでは、杉村先生とガクが必死に、鍛えていた。ボブを見つけた杉村先生は、

「おお、来たか、聞いてるよ、でも日本語できるの?」

ボブ達は「ちょっとだけネ」と言った。するとガクが、

「僕は英語ができますよ、お手伝いしましょうか？」

と言ったので、杉村先生は、

「まあ、初めて外国人が来たから、雰囲気を味わうために、少し見学して下さい。それと大前さん、あなたに任せようかな？　ちょっと、あなたの月謝は取らないようにします」

ガクは、

「わかりました。助かります。微力だが、お手伝いしましょう」

ガクは、軽い気持ちで二人を見るようになった。二人と対戦した後、ハイバーグには才があるように思えた。身長も日本人と同じぐらいだし、何よりも、相手との間が良かった。

杉村先生に、

「あのハイバーグ、中々いいですよ」と言った。

「わかりました。私が確かめましょう」

杉村先生が相手をした。

「大前さん、あなたの言ったとおり、このまま鍛えるとものになりそうだ」

ハイバーグは杉村先生に託し、ガクはマクリーを教えた。

「マクリー、君は身長が高いから、上段に構えなさい。それの方が、相手の技が見やすいし威圧感もある。それと、相手をビビらすために、大声を上げなさい」

マクリーを形から教えた。マクリーは、

「ギョエー、ギョエー」

と怒鳴ったが、ガクは、

「もっと、腹に力を込めて叫べ！」

こういう風にだ、と、

「ギョエー！　ハァー！　ギョエー！」

と、相手をビビらすために、発声練習を繰り返した。それと、中に入り込んだ相手を面で打ち返すように、くる日もくる日も、面を鍛えた。それを続けたマクリーは、何とか形になった。

一年過ぎた頃、ガクは杉村先生に相談した。

「あのハイバーグに、僕が考えた新しい剣を教えたいのですが？」

「どんな剣？」

「ハイ、今の剣道は、メンとコテ、ツキとドウの四つしかありません、それを、八艘飛《はっそう》び横面といいましょうか、そんな事を、ずっと考えていたんです」

「ほぉー面白そうですね。しかし、一本は取れませんよ。そんな基準は、ないですからね」

「しかし、相手を攪乱させる事はできると思うんですよ」

「う〜ん、まあ、留学生だし、後一年だけですからね。それに外国人だし、ハイバーグに、別メニューとしてやらせますか。まあー日本人には、教えませんけどね」

と、承諾を得て、杉村先生に正統に教えて頂いた後、ハイバーグに、試すようにガクは教えた。

「いいかハイバーグ、相手と構えた後、急にジャンプして、相手の左の横面を狙うんだ。これは、俺が考えた八艘飛び横面だ」

と言い、ジャンプする力を鍛えるため、反復横跳びや、日頃から右横にジャンプするように心掛けるんだと教えた。

もうあっという間に一年が過ぎ、杉村先生が、

「二人とも、よくついてきた、誇りに思うよ。アメリカへ帰っても、剣道、忘れないでくれ」

ハイバーグとマクリーは、大きな声で、

「ワカリマシタ！　アリガトウゴザイマシタ！」

と言って、二人はアメリカへ帰った。明日からいつもの日常が待っていた。

二年過ぎ、もう二人の事は忘れかけていた。ある時、杉村先生が、

「大前さん!!　BS放送で、世界剣道、見ましたか？」

「いえ、地上波しか映らないんですが？」

「なんと!!　あのハイバーグが個人戦で、世界一位になったんです!!」

「ええ!?　本当ですか？」

ハイバーグとマクリーは、アメリカへ帰っても剣道を続けていた。それに強くなっていた。

次の日、新聞の一面で、

「アメリカ、日本の魂を奪う！」

と書かれていた。剣道は常に個人戦は日本人が取っていた。それを、ハイバーグがやって

のけた。

「あの、軽く教えた八艘飛び横面か！」

うれしいとともに、

「ああ、もう玉出道場へは行けないな」

と、思った。もう行かなくなった玉出道場から、杉村先生が電話をかけてきた。

「大前さん、いらっしゃいますか？」

シノブッチは、

「ねえ、大前っていう人、知ってる？」

と、ガクに伝えたが
「知らないよ、俺は知念だ」

と、嘘をついた。その頃、玉出道場へ、新聞、テレビと取材が殺到していた。もう剣道界では、謎の男、大前学は有名になっていた。ガクは、

「ハイバーグ、そんなに頑張らなくていいのに。これじゃもう剣道できないよ」

と、うれしい半面、どうしようと思った。

そんな時に、越野ユリアが、インスタで、

——私、結婚する事になりました。——

と、伝えてきた。幸か不幸かガクはダブルショックに陥った。

「ああ、もうユリアにも会えない」

しかし、六カ月後の十月の世界スーパージュニアテニスに、コーチとして来るという情報を載せてくれた。

六カ月後、失意の内に、最後にユリアを見ておこうと自転車で向かった。ユリアはコーチとしてジュニアを教えていた。それをガクは見つけ、

「ハァー」

と、もう最後かと思うとため息をついた。すると、ユリアがガクめがけて近寄ってきた。ガクは後ずさりした。

ユリアは、

「あの～誰かのコーチですか?」

と尋ねられ、ガクは、

「いや……あなたの……その……ファンなんです。それに……結婚おめでとうございます。それと……遅れましたが、イタリア国際テニス大会優勝おめでとうございます」

ユリアは、

「え～?　本当に私のファンなんですね。私みたいな女に、ありがとうございます。それに、十五年前から見かけていたんです。誰だろうとずっと思っていたんです……ちょっと待って下さい……」

と言って、テニスラケットとボールを持ってきた。

「このラケット、私がずっと大切にしてきたラケットなんです。差し上げます」

「えっいいんですか?」

「ええ、それにもう、今日が最後の日になるんです。今まで応援して下さってありがとうございます」

と言って、ボールにサインを書き、二人の写真を撮った。失意のままユリアと別れた。ガクはがっかりして、バラ園の芝生に横になった。動けないまま時が過ぎた。

「次の世界スーパージュニアテニス大会で、ユリアに代わる誰かを見つけよう。しかし、現れるかどうか。又、越野ユリアみたいに応援できるだろうか?」

と、長い十五年を振り返っていた、もう日が沈みかけていた。

「ああ、もう帰らなくちゃ」

と、トボトボ自転車へ向かって歩いた。自転車に乗ろうとすると、誰かが後から抱きついてきた。ガクは、後ろを振り返り、

「あっ、君は!」

最終章

発見

「あっ君は、睦!!　何故？　何故？　俺が生きているのがわかった!!　それに何でこんな所にいるんだ!!」

「それは、こっちのセリフよ!!　純！」

と、思いっきり平手を打った。純はよろめきながらシュンとなり、睦のいいなりになり、バラ園に戻ってベンチに腰掛けた。

　睦は捷に連絡した。

「捷！　純が見つかったわよ！」

「ヘッ？　ほんとか!?　今どこにいる」

「そこから奥へ進んで来て！　バラ園って所があるわ、その端の方よ」

「わかった、すぐ行く！」

　木本が、「どうした慌てて」と言うと、

「木本さん、兄貴が！　兄貴が見つかったらしい」

「へえ〜こんな所で？　人間違いちゃうか？」

「とにかく行ってきます、未来を頼みます」

と言って、走って、バラ園の方へ飛んでいった。兄貴は、どんな風になっているんだろう、
ほんとに兄貴だったら、俺を見てすぐわかるはずだ。

「ここよ！」

睦が手招きしていた。

「兄貴!!」

「おお、捷！　すまんな……」

やっぱり兄さんだ、間違いない。ヒゲを生やしているが、そんなに変わっていない。

「どうやってわかった？」

睦は、

「お義母さんよ！　あなたがカマの『のど自慢大会』に出ていたのを、ＮＨＫの番組で見つけたの、偶然に」

「そうか……テレビが来てたもんな」

捷は、

「兄貴！　知ってるか？　父さんは、もういつ死んでもおかしくないんだぞ!!」

「え！　父さんが!!」

「ああ、自慢の兄貴を失って、気力を失くして、定年まで働く事ができず、重いパーキンソン病にかかったんだ！　兄貴のせいだぞ!!」

「すまん……父さん……」

「さあ、今すぐ横浜に帰ろう、な、兄貴」

「ちょっと待ってくれ、お世話になった人に最後に、挨拶がしたい」

するど、未来が遅れてやってきた。

「父さん！　服忘れたでしょ、木本さんが待ってるって言ってたわ」

純は、

「この娘《コ》は？」

と聞くと、

「未来よ、もう十八歳になったわよ」

純は、未来をマジマジと見て、睦にそっくりだと思った。睦の影を失くした今風の明るそうな娘になっていた。純は未来を抱きしめた。もう尸童《よりまし》を探さなくていい。未来本人が、ここにいる。

「ゴメンよ未来！　お父さんだよ、お前の事をずっとずっと思っていたんだ!!」

と、泣き崩れた。それから、今までの十五年間をゆっくりとしゃべり始めた。

「俺は、大前学、知念学という偽名を使い、生きてきた。皆んなにガクさんと呼ばれた。頭がよさそうだという事でついたあだ名だ。最初は、俺は、又、死のうと思ったんだ。しかし、折田信夫という人に、助けてもらって一緒に住んでいるんだ。ほんとにありがたい恩人だ。それで今、こうやってなんとか生きてこれたんだ」

捷は、

「あの肝心の骨は？　誰の骨？　どんなトリックを使ったんだ兄貴！」

「それが覚えていないんだ。俺は死のうと思って、電車に飛び込んだはずなのに、何故か生き延びた。俺は誰かを殺したのかも知れない。それもあって、殺人犯になりたくないから、密かに隠れて生きてきた。だから、横浜にも、帰れなかったんだ」

　捷は、

「そうなのか……。もう逃げる事はないから後は警察に任せよう、神奈川県警に出頭しよう、兄貴」

「うん、わかった。もうお前達に見つかって決心がついた。でも、あと二日、待ってくれ。お世話になった人にもう一回会って、さよならしなけりゃいけないからな。睦、携帯持ってるだろ、ちょっと貸してくれ」

　睦は、「ハイ」と言って純に渡した。純はシノブッチに電話した。

「ハイ、スナック『忍』の折田です」

「ああ、俺だ、シノブッチ、とうとう見つかってしもた」

「えっ。どういう事？」

「俺の家族が大阪まで来て、見つけてくれたんや」

「えっそんな……」

「そやから、詳しい事は会って話そう……ゴメンなシノブッチ」

「ううん、家で待ってるわ」

と、電話を切った。

捷は睦に、アイコンタクトして、未来に、

「じゃあ、未来、俺達は横浜で待とう。睦、後は頼むよ」

捷と未来と二人、木本のタクシーへ戻った。

「どうでした？　人間違いやったやろ」

捷は、

「いや、ほんとに兄でした」

木本は、びっくりしていた。

「こんな事ってあるんやろか？　すぐ見つかるって。笹川はん、あんた運持ってはるわ」

タクシーを新大阪まで走らせた。ホテルへ着くと捷は、木本に、

「今日は一日ありがとうございました。これ僕の名刺です」

と手渡し、木本も名刺をくれた。そして一万円を木本に渡そうとした。

「ええんか？」

「ハイ、木本さんがいなかったら捜せなかったですから」

「わかったわ、じゃあ大阪来る事あったら、連絡しいや」

と言って、木本と別れた。

弁当を買って、新幹線に乗っていると、未来がずっと不機嫌だ。

「どうした未来？」

「だってさ、私も本当のお父さんと話したかったし、まだ、大阪にいたかった」

「未来、男と女の仲だ、それぐらいわかってやれ」

「フン！」

捷は心の中で、

――お前の本当のお父さんは違うんだ。守さんなんだ。……あっ……忘れてた。守さんに連絡しなきゃ――

と、内村守に、電話をかけた。

「ハイ、内村です」

「ああ守さん、捷です。このところ色々あってね、守さんには、伝えなくちゃいけない事があるんです」

「何？　何だ？」

「実は、兄が生きてました」

「捷君、酔ってるのか？　それとも何かの冗談か？」

「いや、実は兄の骨の鑑定をしたんです。兄の骨じゃなかったんです。それで、兄を捜しに大阪まで行って、その兄貴が今日見つかったんです」

「それは、本当か⁉」

「ハイ、それで二日後に、兄貴が横浜に帰ってきます。その時に又、電話します」

「わかった、待ってるぞ‼」

と、電話を切った。捷は、次にフランスへいる恵美子に電話した。

「恵美子！　兄貴が生きていたんだぞ！」

「どういう事？」

「いや、色々あってな、それに優子も、横浜に帰ってきたんだ」

「え⁉　優子も！」

「ああ、詳しい事は、又、連絡する」

「わかったわ、待ってる！」

後は、母だ、母さんには直接会って話そう。

「母さん……どんな顔するだろうな、楽しみだ」

そう思い、弁当を食べようとした。

「未来！　怒ってないで弁当食べるぞ」

「フン！」

まだ、ご機嫌斜めな未来に、捷は、

「なあ未来、このじゃがいもやキャベツ、いっぱい食べたら、その胸が大きくなるぞ」

「えっ」

「さあ、これあげるよ、いっぱい食べて、彼氏に揉んでもらうんだな。それとも、俺が揉んだろか？」

「やだーオヤジギャグ！　ねえ父さん、又大阪連れてってよ。今度はさぁ〜難波や梅田、行

った。
思うと悔しい気持ちでいっぱいだった。捷は、未来との、一時の楽しい会話の中、横浜へ帰
未来の機嫌が直った。捷は、こんなかわいいまっすぐな娘を、兄貴に渡す事になるのかと
「わかった、わかった」
きたいな」

純は自転車を降り、睦と一緒に歩いて家路につこうとしていた。睦は、

「ねえ純、何であなたがテニスを？」

純は、

「あぁこれか？　睦、携帯借してくれ」

と言って、越野ユリアのインスタをチェックした。

「あぁ、更新してる。こういう事だ、睦」

と、睦は携帯を見た。


——十五年間、見守ってくれた学さんと——


と、写真が載っていた。

「ファンだったの？」

「うん、追っかけをしてた。愛知出身の子でね、名古屋によく行ったよ。でも、もうその必要はないよ、彼女、引退するんでね。それで最後に、テニスラケットをもらったんだ。睦の方は、この十五年間、何かあったろ？」

「うん、捷と結婚して、愛という女の子が、できたよ」

「くそ～！　捷に睦を取られたか！」

「でも、愛が生まれてから、私の事、手も握ってくれないの」

「愛は何歳だ？」

「十歳よ」

「すると、十年もセックスしてないのか？　くそ～捷め！　女を何だと思ってるんだ！　後ろへ乗れ！　睦！」

　と、自転車を漕いだ。睦は、

「どこ行くの？」

「わかってるだろ」

　と、純は、十五年間、自分は勃たなかったからどうだろうと思ったが、睦だったら俺は男になれると思った。辺りはもう日が暮れていて、難波のネオン街がひときわ輝いて見える。その一角のホテルへ、二人は入った。睦と純は、激しく貪り合った。純は何回も睦を求め、睦も受け入れ、その夜、二人は一時も離れはしなかった、純は、

「やっぱり、睦がいなければ、俺は男になれないんだ」

と思い、睦は、

「この激しいセックス、やっぱり純だ」

と、二人の十五年間の長い離別が、まるで昨日の事のように思えた。

次の日の朝、二人はホテルを出て、カマに近い鶴見橋商店街の近くのシノブッチの家へ行った。シノブッチは、

「ガクさん！　待ってたんよ……なぁ私を捨てるの！　行かんといて！　行かんといて！」

と、泣き付いてきた。純は、

「シノブッチ……わかってくれ。もう家族に見つかってしもたんや。俺は人を殺したんや、それで、もう警察に行く」

シノブッチは、

「そんなアホな！　そんなんイヤや！」

と二人は、熱い接吻を交わした。それを見ていた睦は、二人のただならぬ関係を悟った。

シノブッチは、

「この人、奥さん？」

「ああ」

睦は頭を下げた。シノブッチは、

「勘違いせんといてね、この人とは、そんな関係じゃないから」

睦は、

「いや、十五年間も住まわせてもらって、すみません」

と言った。純は、

「なぁシノブッチ、俺の本当の名前は笹川純っていうんだ。本当の医者なんだ」

「えっ本当の医者？　やっぱり普通の人とは違ってたわ、ヤブって言ってゴメンね」

「俺の荷物はここに置いとってくれ。また遊びに来るわ、ええやろ？」

「うん、待ってるわ！」

と、シノブッチは、睦と純が見えなくなるまで見送ってくれた。その後、睦は、

「本当にあの人と何もないの？」

と、詰め寄ってきた。睦は知らない、純が十五年という長い間、一人の女ともセックスしていないという事を、ただ、

「あぁ、何もないよ」

と言うしかなかった。睦は少し嫉妬していた。

次に、酒屋の秀の所へ行った。

「おうガクさん！　あれか？　また金貸してくれって来たんか？」

「いや、違うよ、俺、横浜に帰るんや、これは俺の奥さん」

睦は頭を下げた。

「奥さんいたんか！　あぁ、ややこしい話か？　そんなんええから、又、大阪来るんやろ？」

「あぁ」

「その時にゆっくり話しようや」

「うん、それじゃな」

と、ヤケにあっさりと挨拶は終わった。睦は、

「こんなんでいいの？」

と言ったが、秀はわざとアッサリしてくれた。これは今度、大阪に来た時、ゆっくりと酒を飲みながら話さないといけないなと思った。秀は、こういうところは男前なのである。

次に、ビッシュボーダラン（ボブ）の所へ行った。中国の女性がカラオケ屋をやっていて、その中国の女性に惚れて、最近一緒に住んでいる。

「ボブ！　俺は理由あって横浜に帰るんだ。この街の治安任せたぞ」

「ハイ、マカセテ、オオマエセンセイ」

「いや、俺は、笹川純っていうんだ」

「ササガワ？」

「ああ、又、変な外国人がいたら、玉出道場に連れてきてくれ、杉村先生がいらっしゃる」

「ワカリマシタ」

「じゃあな、又遊びにくるよ」

「最後にちょっと遠い玉出の剣道場へ行くぞ」

睦は、

「やっぱりあなたは、剣道を忘れずにやっていたのね」

「あぁ、しかし、久しぶりなんだ。ここ半年やってない」

玉出の杉村先生に会いに行った。杉村耕一は、

「大前さん！　どうしてたんですか！　うちは、あのハイバーグの件で、テレビや新聞で、てんてこ舞いだったんですよ」

「あぁわかってます。だから来なかったんです。実は、杉村さん、俺は大前学じゃなくて、笹川純と言います。高鍋一平は、僕の義父なんです」

「ええ⁉　あの高鍋先生の！……それは強いはずだ……大前さ……いや、笹川さんに敵《かな》う相手がいなかったのも、それでか～」

「僕は理由あって、ここに住んでいたんですが、横浜に帰る事になりました」

「そうですか……わかりました。最後に僕に稽古をつけて頂けないですか？」

「わかりました」

睦は黙って二人の稽古を見た。二人とも、熱が入っていた。三十分もすると、先に純の息が上がってきた。

「ハァハァハァ……やっぱり六カ月も運動してないとダメだな」

稽古が終わり、杉村は、

「笹川さん、大阪へ来る事があったら、寄って下さいね」

「わかった」

二人は固い握手をした。杉村耕一と別れ、新今宮に戻り、大きな袋を買って、ロッカー屋さんへ向かった。ロッカーを開けると、これまでの純が歩んできた証が残されていた。睦は、未来と純と自分が写ったセピア色の写真を見つけ、

「あなた、私達を忘れずにいてくれたのね」

と、さめざめと泣いた。

「あぁ、家族だからな」

と、ロッカーを整理し、

「よし！　これで終わりだ、睦」

「じゃあー明日、帰るわね、捷に電話を入れるわ」

「ちょっと待ってくれ、横浜で未来とテニスがしたい。その場を設けてくれ」

「わかった」

と、携帯を鳴らした。睦は捷に、

「明日、午前中に純と帰ります。それと純が未来とテニスをしたいんだって」

捷は、

「わかった、気をつけて帰ってくれ、待ってるぞ」

と言った。純と睦はホテルに泊まった。純は、今夜は寝れそうになかった。西成との人の出会い、義理と人情に満ちた人達、第二の故郷として、将来忘れる事のない街、純はホテルを出て、最後に夜の街を感慨深げに歩いた。

「さよなら西成、ありがとう皆んな」

と、空をじっと見つめていた。込み上げるものを抑えるかのように。

帰る日の朝、純と睦は新大阪にいた。この後に及んで純は、

「どんな顔して、横浜に帰ったらいいんだ」

と、新幹線を二本遅らせた。睦は、

「しっかりして！　純！」

と、背中を叩いた。純はやっと決心がついたのか、新幹線に乗った。

横浜に着いた時、待っていたかのように、母、薫が抱きついてきた。

「純！　本当に純ね！　うれしい」

と、純の顔をマジマジと見つめ、しばらく純を離さなかった。

「母さん！　母さんが僕を見つけてくれたんだね、ありがとう」

捷を見ると、車イスに座っている父、昇太が見えた。純は駆け寄り、

「父さん！　父さん！　ご免ね、こんな事になるなら、もっと早く帰ってきたらよかった」

父、昇太はわかっているらしく、涙をこぼしていた。しばらく純は父を抱きしめていた。

捷は、

「兄さん、お帰り、後、テニス場で未来と守さんが待ってるよ」

と言われ、テニス場へ向かった。

守は、未来と二人きりになるのは初めてだった。

「未来ちゃん、その服よく似合っているよ」

「守おじさん、本当のお父さんに会うのが、うれしくて、目いっぱいおしゃれしたの」

「さすがコスプレーヤーだ」

「ふふふ、そうでしょ」

守は、

――本当のお父さんか……本当は俺がお父さんなんだ――


と、喉まで出かかった。未来を見ていると、抱き締めたくなる。その衝動を抑え、純を待った。

純がテニス場へやってきた。純は守を見つけ、

「あぁ守、俺は……」

という前に、守の一撃を食らった。

守は初めて人を殴った。十五年もの親友の音沙汰なしに殺意を覚えたのだった。

「何故、失踪する前に俺に相談しなかった!!」

「いや、俺はあの時、死のうと思ってたんだ。だが死ねなかった。お前の事や、捷、恵美子、そして睦の事はすっかり忘れた。ただ、未来の事だけが頭にあった。ずっと……ずっとだ

……すまん！　俺は心の小さいダメな男だ、許してくれ」

純は土下座をして謝った。未来は、

「守おじさん、そんな人だと思ってなかったわ！　嫌いよ！」

捷が止めに入り、

「守さん、もういいだろ？　さあ兄さん、テニスしよう」

純は頬を押さえ、

「あいつ本気で殴ったな、あぁいてえ……でも仕方ないよな、守！　お前には相談すべきだった。バカだな俺、しかし、もう未来を俺は離さないぞ！　見てくれ、守！」

未来は、ラケットを持ってボールを打ったがやはり、アマチュアのそれだ。格好は決まっているが、山ボールを打っていた。

「未来！　このネットすれすれに、思いっきり打ってみろ」

「わかったわ」

と、いい所を見せようと、未来は懸命になった。最初にネットに当たっていたが、しだいに、コートに入るようになった。

「どう？　父さん、うまいでしょ」

「あぁ、テニスらしくなってきたぞ」

純はいつしか、未来と越野ユリアが重なって見えた。

「ユリア、今までありがとう。俺は忘れない。君がいなかったら、俺は生きてなかったかも知れない。今、未来が目の前にいる、さよならだユリア！　そしてありがとう！」

純は涙を流しながら、未来の足元にきついスマッシュを打った。未来は、

「そんな速い玉、打てないよー」

純は、涙を拭き、

「ああ、すまん、すまん」

と、謝った。それを、捷と守は見守っていた。

捷は守に、

「守さん……もう未来に言えないよ」

「ああ、わかってる。純に言っておけ、もう未来を離すなよ！　とな。捷君、もう俺は帰るよ」

「ゴメンね、守さん」

捷は守の事を慮《おもんばか》って、

「つらいだろうな……守さん……」

と思った。

守は駐車場に行き、車のボンネットを思いっきり叩いた。ボコッと音がした。

「落ち着け！　落ち着け！　俺はただ、精子を提供しただけじゃないか！　なのに何故、日に日に未来への思いが募るんだ！　俺は医者だ、平常心を保たなければ！」

と、守は缶コーヒーを買って一気に飲み干した。運転席に座り、しばらくじっとしていた。

「俺は、捷君に、未来に本当の事を言うよと言われ、舞い上がった。俺は嫁の舞にいつ言おうか準備していた。それなのに……それなのに……純は生きていた！……もうこれまでだ、俺よ、もうあきらめろ！　お前はそんな柔《やわ》な男じゃないだろ？　しかし……こんなにつらいものだとは……！」

又、守は運転席を出て、二本目の缶コーヒーを飲んだ。数十分して、やっと落ち着いた。

「今日は、舞と久しぶりに一緒に飲もうか？　どんな話でもいい、付き合ってやるか。しかし、こんな思いをするなら、女の子一人、産ませておけばよかった……ちくしょう」

守は、エンジンをかけ、家路を急いだ。


純はこの後、神奈川県警に出頭し、すぐに保護された。


保険会社では、部長はタバコを何回も吸いながら考えていた。利用者から電話があり、十五年前に死んだはずの男が生きていたという件だ。

「笹川純……俺は覚えている。俺が担当していたあの自殺の件だ。十五年前はバブルがはじけ自殺する者が多くなった。免責は一年だったが、まず計画的自殺はないだろうと甘い考えだった。この笹川純の自殺で、それを考え直そうという事になった。しかし、あの時、ちゃんと調べたはずだ。目撃者、状況証拠、血液型が同じだった。念のため防犯カメラで確認した。昔はアナログで鮮明ではなかった。しかし、黒い影のようなものが、一瞬のうちに電車に飛び込んでいる。そして遺留品のカバンで、すぐ笹川純とわかった。もう問題にはないはずだった。DNA鑑定は確かにあの時あった。しかし今ほど正確でなく、六カ月から一年はかかった。それでは生命保険の迅速な対応が遅れ、利用者の反発がくる。しかし今となれば、やっておいた方がよかった」

部長は「ふう〜」とため息をついた。

「今、生命保険は競争が激しくなり、ついこの間、ある生命保険会社が保険金を出さない事で、大問題になったばかりだ。とりあえず新聞社のつてを使って、あまりこの事は取り上げないでくれと頼んだ。結局、新聞に少し載っただけだ。あの時はホッとした。だが保険金詐欺にあたるのは明白だ。さぁ〜どうしよう、俺ももう定年を迎える。もうこういった件はコリゴリだ。裁判に持ち込もうと思ったが、相手は医者軍団だ。それにこちらに落ち度がある。勝ち負けは半々だ。それに新聞やメディアが大きく取り上げるだろう、それはまずい」

ふぅ〜とタバコを吹いた。そして決断した。部下を呼び、

「笹川さんに電話して、何とか、保険金の何割か返してくれるように示談にもっていってくれっ！」

部長は、又、タバコを取り出し、

「笹川純か……うまくやりやがったな、くそ！」

タバコを地面に捨てた。

睦は、生命保険会社からの連絡を受け、銀行に向かっていた。睦は全額保険金を返すつもりだった。このお金を捷が数倍にして、今は私達は悠々自適の生活だ。とてもありがたい。このお金がなかったらどうなっていたかわからない。又、鉄道会社から、あの時かかった千四百万円が返ってくる話があった。もう充分だ。そう思っていた。銀行に向かっている途中、区役所の掲示板を見た。この人達は、誰にも知られずに、または引受人がいない、それで告示された、じっと見た。この人達は、誰にも知られずに、または引受人がいない、それで告示された、あるいは殺されたかも知れないのに新聞、テレビも報じない。睦は、純のかわりに死んでくれた人に、私達は何かできないか考えた。純の保険の掛金とプラスアルファーを受け取り、三千万円を作りその人のためにお金を残しておこうか考えた。

「よし！　後は、保険会社と話し合おう」

と思い、銀行をやめて保険会社へ向かった。

純には、毎日、父と母が面会に来ていた。

「体調はどう？」

とか、昔の話、薫と昇太のなれそめ、そんな話を純は黙って聞いていた。母にとっては、つらい時間を癒そうと必死だった。捷も来ていて、純は、

「捷、俺がムショから出たら剣道の相手をしてくれ」

「ああ分かったよ、でもな兄貴、俺はもう昔の俺じゃないぞ」

「ふふふ、わかってるさ、俺も大阪でやってたんだぞ」

と約束をした。純が刑務所へ収監されてから、六カ月近くが経とうとしていた。純の担当捜査官達は、

「ふうー見つからないな。十五年のブランクは長過ぎるよ」

「あーそうだな。範囲を広げ、東京都にも探してみたが、まるで手掛りなしだ」

睦は神奈川県警から電話を受け、二週間後に仮出所させる事を言われた。しかし、あくまで捜査を続けるという事だった。

睦は、各関係者に電話を入れ、出所祝いの日を決めた。

再対決

電話を受け、恵美子がフランスから、夫のロベルトと子供二人を連れて帰ってきた。睦に会うなり、

「義姉さん！　よかったわね！　それで、兄さんは？　純兄さんはどこ?」

睦は、

「あの人、今、剣道場で捷と試合するために、いないわ」

「そう」

次に、怜に向かって、

「怜！　優子は？　優子はどこ？」

怜は、

「あぁ、首を長くして待ってるよ。家はすぐ近くだから」

「そう、連れてって！」

恵美子は怜とともに優子の家へ向かった。

歩いて五、六分の所だった。優子は待っていたとばかりに、恵美子に抱きついた。

「ゴメン！　恵美子！　色々あって私、横浜に舞い戻ってきたの」

優子は、これまでの事を恵美子に話した。

恵美子は、時に泣きながら、頷いて話を聞いていた。怜は、

「この人、おかしい人だよ、五年前に追っかけをしてくれたんだ。でも、すぐ話してくれればよかったのに」

恵美子は、

「あなた何もわかってないのね！　優子はつらかったんだよ！」

怜は、

「そんなもんか～」

と言った。恵美子は優子に、

「さぁ～、実家へ行くよ」

と言ったが、

「私は出入禁止なの。今までの事、許してくれないの。わかって、恵美子」

優子は、純がきっかけで横浜に帰ってきた。

すぐ、あの人だとわかるのに、純に会える日はずっと後の事だった。恵美子と怜は、純の出所祝いのため実家に戻った。


純は捷との対決のため道場にいた。主審は高鍋一平、副審は内村守と、遊びに来ていた竹ノ内瞬君が務めた。

捷は、

「たかだか、素人だろ、軽く相手してやるか」

という気持ちだった。

純は、上段に構えた。それを見て捷は、

「ハハハ、笑うなぁ、高鍋先生の真似をしてみても、かなうわけないじゃないか」

捷は、間をつめて、すばやい胴を放った。しかし純は、すぐ躱《かわ》し、強烈な面を返した。

「一本!」

捷は、頭がズキンとした。

「うかつだった! 高鍋先生にも、何回も言われていた。最初の一本を大事にしろ! と。もし本物の刃だとしたら、俺は死んでいた。刃だと思って、試合に臨むべきだった。……忘れていた……兄さんを甘く見ていた。それにしても、兄さん！　高鍋先生の術を身につけたというのか？　そんなはずはない！　高鍋先生は誰にも真似できない！　しかし、兄さん、なんで強くなった！　あの夜、何があったの？　兄さんは、たしか県代表になるかならないかの腕だったはずだ。それは、医者と剣道という難しい両立だったのかも知れない。しかし、何故だ、俺は、これでも全国三位になった腕だ。若い剣士には体の差でかなわなかった。だが同世代の剣士にはこれまで、負けた事はない、この強さは恐らく全日本決勝クラスだろう」

捷はもう、うかつに剣を出せないでいた。

「しかし、高校時代とまったく違うや。あの時は、俺の方がビビってしまったっけ。それで剣を置いた。今度は違うぞ！　息子の怜や愛も見ている。負けるわけにはいかないんだ！」

ぶつぶつ言っている捷に、純の剣がほんの少し揺らいだ。

「甘いぞ！　兄さん！」

捷の鋭い胴が決まった。

「一本！」

よし！　このまま行けると思ったが純は竹刀を中段に構えた。すると純らしい怒濤の剣がきた。

「これだ！　これで俺は剣を置いた」

ギョエーハァ、ギェーギョー

「段々激しさを増してくる、しかも、昔と比べて速い。又、負けるのか？　俺はこの剣に負けるのか？　しかし、昔の俺じゃない！　見てろ、兄さん！」

防戦一方だったが捷も反撃に出た、その瞬間、純が消えた！

「何だ？　何が起こった！」

すると、いきなり純の横面が捷を捉《とら》えた。

「一本！」

捷は、

「あ〜又、負けた！　くそ！　兄さんにはかなわないのか？　しかし、何だ今の剣は？」

旗を上げたのは、竹ノ内君一人だった。一平と守と竹ノ内君は話し合った。

守は言った。

「あれは、何の剣だ？　竹ノ内君」

一平も、

「入ったと言えば入ったが、しかし変則な剣だったな」

竹ノ内君は、

「僕の位置からは入ったと思いましたが？」

一平は、

「う〜ん、もう一回、見て見よう」

三人は「一本」を取り消した。捷は、助かったと胸をなでおろした。延長に入り、場内は二人の行方を見ようと静まり返っていた。

「このままだと負ける、もう一か八かしかない！」

と、捷は目を閉じ、純の息づかいだけに集中した。幸い場内は静かだ。捷は静かに、その時を待った。

「ハァハァハァ……ハァハァハ……」

来る！　あの怒濤の剣が！　捷はパッと目を開け一点だけを払った。すると刹那、純の竹刀が宙を舞った。

「一本！　文句なし！」

場内は、驚きとともに、われんばかりの拍手が起こった。

捷が勝った。やっとの思いだった。

そして、兄、純の顔色を窺った。

「どういう顔をするのだろう？　又、怒ってはいないか？」

純は面をとった。清々しい顔だった。捷は兄のもとへ行き、

「兄さん、大阪で、やってたな」

「ああ、真剣にな。しかし、お前の小手は超一級品だ。さすが全国三位だ」

「あれ？　知ってたの？」

「あぁ、テレビを見てたからな」

と言って、満面の笑みを浮かべた。

これだ！　この笑顔を、ずーっと前から見たかったんだと捷もうれしかった。すると、捷は疲れがでたのか、足がよろめいた。

「おい、おい、お前が勝者だぞ」

「兄さん、何だかとっても疲れたよ、とっても……」

捷は純にかかえられ、家へ帰った。その途中捷の頭の中は、

――兄を越えるのがこんなに大変だなんて思いもしなかった。

ほんとに大きな壁だった――

捷は熟睡した。心地よい気分に浸っていた。

目を覚ますと、もうすでに純の出所祝いが始まっていた。笑い声や聞きなれない大阪弁が聞こえた。

「あぁ～もう行かなくちゃ」

捷は、階段を下りたところで、不思議な光景を目にした。兄の純が俺に気づいて笑いながら、くしゃくしゃな笑顔で手招きしている。

これは……あの時の……

そう、それは十五年前の純への弔いをしていた時の夢の光景。

「デジャブーか？　いや違う！　俺はハッキリ覚えている、この光景を！　この世にはやっぱり何かがいるのか？」

　捷は、頭を振り、

「そんなはずはない！　俺は今でも宗教や超常現象の類は信じない。自分の努力のみだ！それが俺の宗教だ、この光景は、多分、俺の中に生まれたのかも知れない。俺自身の中にだ。そうだ、そうに違いない！」

　捷は席に座り、辺りを見回した。そうか！

あの時の見知らぬ外国人は、恵美子の夫、ロベルトとその子供達だったのか！

捷は睦の事が気にかかり、見ると、母薫と横に並んで笑い転げている……ホッとした。

兄、純は多弁になっていた。もう大阪弁を駆使し、漫才のように、恵美子と笑い合ってる。

「恵美子！　お前小さい頃は、俺の事が好きやったん違うん？　なんで外国人のロベルトやねん！」

「兄さんには、睦さんがいるでしょもう！　変な兄貴になってしまったわね。やっぱり男は、無口で、陰で努力するのが男よ」

「ああ、それがロベルトか？　ほぅー暑い、暑い！」

　一同、どっと笑った。

　宴もたけなわに入り、一平が純に話しかけた。

「純よ！　一応は捷が勝ったが、お前の方が、一枚も二枚も上に見える。お前に何があった？

それに、あの変則な剣は、世界剣道一位になった。テッド・ハイバーグの剣じゃないのか？」

「ハイ！　ハイバーグは、僕の弟子です」

「な……なんと！　すると、謎の男、大阪の大前学というのはお前の事か？」

「ハイ、そうです」

純は、

「ハハハ、捷！　よく勝ったな。どうだ！　捷とお前で、俺の道場のあと継ぎにならんか？」

純は、

「いや、先生、僕はこれで剣を置きたいと思っています」

純は、能面の父、昇太をちらっと見て、

「皆んな！　父を見てみろ！　父がこうなったのは俺の責任だ。俺は医者の端くれとして、これからは、心と脳の研究をしてみたい！」

じっと聞いていた守が、

「よくぞ言った！　純！　それこそお前だ、俺はうれしいぞ」

一平は、

「そうか、しかし惜しいのぉ……」

捷は涙を流しながら、

「あぁ、やっぱり兄貴にはかなわないや」

と思った。その言葉は以前と違ったうれしい言葉だった。

「よく生き延びたな兄さん。また一回りでかくなって帰ってきたなぁ」

と涙を拭いた。捷をちらっと見た純は、

「捷！　お前、そんなに泣く奴だっけ？」

一同、又、どっと笑った。

純と捷の間には溝はなくなっていた。それはむしろ、捷が純の弔いをした時から、それはなくなっていた。純が大阪へ出かける時、捷もついていった。捷は、大阪の西成が気に入ったらしく、最後はシノブッチの店で、二人は語り合う事になる。

十七歳の神

――十五年前――

俺は黍名《きびな》優《ゆう》十七歳、俺には戸籍がない。あの野郎がそうさせた。あの野郎は外ではいい人と言われたが、陰で母に暴力を振るういかれた男。母は一人逃げだした。母は寂しさもあってか、ゆきずりの男に抱かれ、俺を産んだ。それから俺は、母が仕事をしている間、家でゲームや一人遊びをしていた。土日が来るのを待って、公園で同い年の子と遊ぶのが、唯一の楽しみだった。もちろん、小・中学校にも行っていない。母が、読み書きぐらいしなさいと言い、一人、漢字のドリルをやっていた。母は喜び、偉いわねと言い、本を与えてくれた。人目につきにくい大きな図書館で、本を読む事が習慣になった。十三歳の時、少ない母の給料を思い新聞配達をした。未成年という事で人より少ない給料だった。その母が病に倒れた。胃ガンだった。

「ゴメンネ優！　少ないけど、私の貯めたお金を使って丁戴」

と言い、つい五日前に母は死んだ。その時にあの野郎の住所を知った。俺は憎いあの野郎を殺すつもりでいた。近くのホームセンターでナイフを買い、今日、あの野郎に会いにいった。ビールを飲んでテレビを見ていた。

「おい！　お前の妻が死んだぞ」

と言うと、

「あんな女知った事か！　それにお前は誰だ！」

と言った。すぐにナイフであの野郎をめった刺しにしてやった。何回も何回も、つき刺した。血を浴びた俺は、シャツとズボンを脱ぎ、シャワーを使った。あいつの服を着て、外へ飛びだした。

「やってしまったな」

と思ったら、何も感じない、むしろ清々しい気持ちだった。

「山谷へ逃げようか」

と思い、電車に乗った。途中で、おいしいから揚げ弁当のある駅で降りた。その時、ある男が目に入った。

「ああ、疲れたサラリーマンか？　何かボーッとしてるな」

と、その時はそれぐらいの気持ちだった。公園でから揚げ弁当を食べ、見渡すと誰もいない、眠気が襲ってきて、横になった。一～二時間ぐらいだろうか、ぐっすり眠った。

「人を殺したのに、俺はのん気だな、さあ行こうか！」

と、駅へ向かった。改札を通ると、その男が目に入った。

「まだいる！　どういう事だ！　あれからだいぶ経っているぞ」

と思い、その男を遠目に見ていた。

「この男、ひょっとして自殺するんじゃないか？」

と、そのまま監視した。すると三十分ぐらい過ぎて、その男は立ち上がり、何やら女子高生と話をしていた。その時、電車に飛び込もうとした。

「やっぱりだ！」

俺はちょうど後ろにいたので、ある男と一緒に線路へ飛び込んだ。

「お前には！　待っている人がいるだろうが！」

と、その男を線路外へ投げ、俺は線路に横になった。電車が近づき、一瞬、時が止まった。

「母ちゃん、俺達、いい事なかったね。次の世界ではいい事あるよね。一人殺して、一人助けたよ。これでチャラだな、母ちゃん……もう母ちゃんの所へ行くよ……待っててね」

優の体は、めちゃめちゃに轢《ひ》き裂かれた。

「誰か落ちたぞー！」

という声である男、純は、ハッとなり怖くなり反対の電車へ飛び乗り、西へ、西へと向かった。

―了―

あとがき

この物語は、二〇〇〇年頃から二〇二〇年の間に設定していた作品です。ですから、もう古いと思いますが、二〇一五年『希望の記』を完成させた時、もう次に出そうと思っていて途中まで書いていたのです。ですが、余り売れなかったため、違う作品を考えていて、今頃になって「もったいないなぁ」と思い、今回、〈完全版〉という形で出版させて頂きました。前作をお買い頂いた方には申し訳ないと思いますが、前作は、私のオリジナル曲を披露したので、お許し下さい。

これからもライフワークとして新しい作品を作っていきます。おっさんになっても、夢を持ち続けていきたいと思って頑張ります。

最後に、この物語を長きに渡って応援してくれた文芸社の皆様方に感謝いたします。

二〇二四年　吉日

大城　聡

著者プロフィール

大城 聡（おおしろ さとし）

昭和38年生。
沖縄生まれ、大阪育ち。
いつもネタを探しに街をうろついています。

【著書】
『希望の記』（2015年／文芸社）
『ヒモの吾郎ちゃん』（2022年／文芸社）

※本書は2015年に刊行された『希望の記』に加筆・修正し
〈完全版〉としたものです。

希望の記〈完全版〉

2024年9月15日　初版第1刷発行

著　者　大城 聡
発行者　瓜谷 綱延
発行所　株式会社文芸社
〒160-0022　東京都新宿区新宿1－10－1
電話　03-5369-3060（代表）
03-5369-2299（販売）

印刷所　TOPPANクロレ株式会社

ISBN978-4-286-25708-2